Hombres de lluvia

Maruja Torres

Hombres de lluvia

Círculo de Lectores

A la Beirut de mi corazón.
A la amabilidad de los extraños

Y a Francisco Torres, mi padre,
al final de inesperados caminos

Your leavy screens throw down,
and show like those you are[1].

Macbeth, acto V, escena sexta[2].

Aclaración

Ésta es una obra de ficción. Los personajes –excepto cuando pertenecen a las crónicas o los libros de historia–, con sus nombres, apellidos, situación social y relaciones de amistad, de parentesco, sentimentales o eróticas, son fruto exclusivo de mi imaginación. François Mitterrand, allá en el cielo de los presidentes de Francia, me perdonará la bondad que le he atribuido.

En cuanto a la ciudad, Beirut, tal como aparece en esta novela, es el fruto de los sentimientos de los imaginarios personajes y, por tanto, imaginada también, aunque para mí se haya convertido en un lugar tan cercano y amado como la Beirut real.

Si existe alguna coincidencia desde ahora mismo la rechazo.

M. T.

PRIMERA PARTE

Beirut, febrero de 2003

Hubo una conspiración. Este que soy existe gracias a una conjura.

Fui pastoreado como las formaciones de tórtolas que sobrevuelan algunas azoteas de Ras Beirut al final de la tarde. Cada bandada pertenece a un hombre, y cada hombre es un jugador. El deporte consiste en conducir al averío, haciéndolo planear y girar en el cielo sin permitir que lo tienten pastores ajenos. Desde su observatorio, el criador agita su estandarte y dibuja en el aire un código que sólo sus pájaros captan. Es un juego de habilidad y poder. Termina cuando un equipo se atraviesa en la ruta del oponente, desbaratando su vuelo; o cuando uno o varios pichones son atraídos por un amo contrario. Al anochecer, los rivales se reúnen en el café. De mala gana, los perdedores pagan, los ganadores presumen de sus trofeos. Chanzas y anécdotas remueven la atmósfera, saturada por los dulzones efluvios del tabaco y el café árabes y por la acre ternura que algunos hombres vierten en las destrezas que los mantienen vivos. Las palomas llevan atadas en las patas o el cuello cintas de colores y diminutos cascabeles, o anillas doradas que acreditan a quién pertenecen.

Yo no llevaba señal visible alguna.

A veces, cuando camino por Manara en dirección al

Luna Park, me detengo en el comercio del palomero y admiro sus últimas adquisiciones sirias, pequeños y musculosos ejemplares de plumaje azabache, alas festoneadas de blanco y ojos de granates. Tórtolas que se verán sometidas por el adiestramiento y el encierro, por el distintivo que pronto tintineará en su pescuezo o ceñirá sus patas. Algunas son tan hermosas que los tahúres del juego –bribones a quienes antiguamente nadie respetaba y cuya desvergüenza ya no destaca en la marrullería cotidiana– utilizan a las hembras para desviar el rumbo de un pichón en celo. Como todas las aves, el palomo ama una vez y para siempre. Desde el primer vistazo sabe quién, por amor o por destino, lo posee más que cualquier dueño.

Lo mío fue otra cosa. Dos leonas me guiaron por las atribuladas azoteas del pasado. El resto tuve que hacerlo por mí mismo.

Por eso ahora soy yo. Cuatro años y un pico de eternidad después. En Beirut. Mi palomar.

Aún hoy, Valeria Conte impera en mi conciencia –señora de las claves y de la memoria– tal como debería haberla visto y no supe a mi llegada a Beirut. Me esperaba, inmóvil en la acera, envuelta en la espesa calima que reptaba desde el mar.

Valeria. La espalda apoyada en el muro de piedra; manos en los bolsillos del pantalón ancho y liviano, de lino crudo; semblante plácido. Parecía haberse detenido a respirar durante un paseo rutinario.

La verdad era otra.

He aquí al joven Malcolm, por fin, en Beirut. Por fin el joven Malcolm entrará, del brazo de Valeria, en la densidad tentacular de «Villa Encore».

Era domingo. Primer domingo de setiembre de 1998. Lo recuerdo muy bien. Yo tenía veintitrés años y un corazón que creía volar en línea recta.

El aire olía a salitre y a gasóleo.

Más adelante, a medida que se solaparon los enigmas y sus interpretaciones, la imagen fundacional de Valeria como custodia del laberinto fue moldeándose en mi subconsciente hasta alcanzar la rotundidad con que hoy se me impone. Aquella tarde me limité a registrar lo notorio. Rondaba los treinta años –resultaron ser más, no muchos más: treinta y cinco–, era menuda pero no infantil, fosca de tez y de mirada, de abundante y rizado cabello cobrizo, recogido con peinetas de hueso y plata. Su rostro era triangular, de barbilla inquisitiva y mirada tranquila. Su atractivo, pensé, fluía sin perturbarme.

Fluía. Lo más perturbador que pudo ocurrirme. Fluía silenciosamente y desembocó en mi sangre.

Me hizo preguntas simples, que requerían respuestas obvias, puras fórmulas para que el recién llegado entrara en calor. ¿Había disfrutado de un vuelo agradable? ¿Problemas con la conexión en París? ¿Algún contratiempo en la aduana? ¿Era aquél todo mi equipaje, una maleta pequeña y un ordenador? Habib, el chófer, ¿me había puesto al corriente de la súbita marcha de Gastón Nicolau, el hombre para quien me disponía a trabajar en Beirut?

«Así que te llamas Malcolm –añadió, después de examinarme–. Como el hijo de Duncan. El hijo de un rey.» Yo recordaba haber leído *Macbeth*, sin demasiado interés, durante uno de los aburridos veranos que pasé en el sur de Londres, perfeccionando mi inglés para mejorar mi educación y apuntalar la vanidad de Laura Mestre, mi madre. Sabía que no debía mi nombre a un capricho shakespeariano de mi madre, sino que fue mi padrino, el editor Puig Vidal –responsable de mi empleo libanés–, quien encontró consuelo en llamarme así, como revancha por no haber obtenido los derechos para publicar la traducción al catalán de las obras completas de Malcolm Lowry. Ella contaba que le entusiasmó la elección, dado que Malcolm X, el líder negro de los setenta, era uno de sus ídolos de cabecera. *«Black is beautiful»*, se defendía Laura, puño en alto, cada vez que me quejaba de tener que deletrear a menudo mi nombre.

Al vástago de Duncan, rey de Escocia, del que ahora hablaba Valeria, sólo se había referido, muchos años atrás, a mis seis, un conocido de mi madre que nos visitó y a quien yo creí haber olvidado de inmediato. Él también comentó, en un castellano pastoso que me hizo suponer que era extranjero: «Llevas el nombre del hijo de un rey». «¿Hizo algo importante?», creo que le pregunté. «Cumplió con su deber», contestó el otro. O eso pienso hoy.

Nada dije a Valeria de los recuerdos de infancia que su acotación sobre mi nombre evocaba, ni de mis ganas de llamarme Pedro, Juan o Antonio, o de la histeria con que Laura Mestre interrumpió, aquella vez, mi charla con el hombre: «Tú lo llevas por Malcolm X, y basta», casi gritó, y añadió que era hora de irme a la cama. De todo ello me acordaba súbitamente en la más rara de las ocasiones, recién llegado a Beirut. No dije nada. Los hombres hechos, como yo pretendía aparecer durante mi estancia en Beirut –hecho y cosmopolita, elegante e incluso indiferente–, no hablan de su madre con desconocidas.

La mujer empujó la cancela de «Villa Encore» y se apartó para dejarme entrar. Y ahí, al respirar simultáneamente la atmósfera musgosa del jardín y el aroma de la piel de Valeria, flores y frutas escondidas en su carne y su pelo, empezó mi viaje.

A la casa se accedía después de atravesar un indisciplinado espacio forestal que ellos –Valeria, los sirvientes, el dueño de la casa; también yo me acostumbré a hacerlo– llamaban jardín, y que en nada se parecía a lo que entendemos como tal, aun en la más libérrima de las interpretaciones. Era más bien una coraza de lianas y helechos, una pantalla de ramajes apelmazados e invadidos por buganvillas moradas y rojas. Un disparate de pámpanos y setos que crecían sin orientación y sin proyecto, y entre los que asomaban, esporádicamente, la llama anaranjada de un hibisco, perdido como un pájaro de fuego en mitad de la bruma, o el fogonazo malva de las glicinas. Había allí cinco o seis árboles que parecían aferrarse unos a otros para evitar hundirse en la tierra herbosa, enfangada. Era un jardín con luz pero sin sol. El sol nacía a espaldas de la casa y obligaba a ésta a proyectar su sombra sobre aquella desazón vegetal. Los árboles se limitaban a resistir, en una penumbra más selvática que mediterránea. Sólo uno, un ficus formidable, lograba zafarse parcialmente del abrazo de la hiedra y extender sus ramas más recias en dirección a la calle, rebasando el muro, hasta acariciar la acera. Afuera sus hojas crecían abundantes, sin confusión.

Yo ignoraba entonces la función singular que el jardín y la casa cumplían en la existencia de Gastón Nicolau, distinguido orientalista –o como sea que se lo conociera: arabista, erudito, experto, entendido– a cuyas órdenes me disponía a trabajar durante los próximos meses, por expreso deseo de Puig Vidal, mi padrino. «A ver si un cambio de aires te aclara las ideas acerca de tu futuro», había dicho, al hacerme la propuesta. Acepté. No por la paga –gracias a la herencia de mi madre, tengo la vida ampliamente resuelta–, sino por la oportunidad de fingir ser otro.

Más adelante llegué a compararme con el ficus, dividido entre el asfixiante interior silencioso de «Villa Encore», preñado de preguntas, y la calle, la ciudad, Valeria y sus respuestas.

En aquella especie de invernadero no existían los alicientes que inducen al reposo y la meditación, tales como bancos, o mecedoras; ni fuentes, ni pájaros. Tampoco ruido, eso lo descubrí después. La bulliciosa ciudad de Beirut, que rompía los tímpanos y lamía las orejas a un tiempo, apresuraba el paso en aquel recodo de Ain el-Mressié, impaciente por esquivar «Villa Encore».

Como único adorno, del centro del jardín surgía la cabeza de un efebo romano, cortada limpiamente por la base del cuello y clavada en un rejón herrumbroso. Los ojos marmóreos miraban a la casa.

Era un edificio de dos plantas y fachada amarilla, rematado por un cono de tejas rojas. A ras de jardín, un porche de columnata sostenía la galería del piso superior, en donde, anunció Valeria, se encontraba mi estudio. Allí, explicó,

Habib había organizado una pequeña zona de vivienda, siguiendo las instrucciones del amo.

«Es una villa bastante antigua, posiblemente del siglo pasado. Ha sufrido todo tipo de reconversiones, incluyendo esta especie de arreglo a la provenzal, el mal llamado estilo libanés que floreció durante el mandato. Por fortuna, Gastón también ha realizado cambios prácticos.» La única forma de llegar a mi estudio era subiendo una empinada y estrecha escalera que comunicaba la planta superior con el jardín. «Es un poco incómoda, sobre todo si regresas a casa con un par de copas de más. Sin embargo, te permitirá entrar y salir sin que Gastón se aperciba. Siempre que esté dormido.» «¿Tan estricto es?», pregunté. «Espera y verás.»

Habib emprendió el ascenso con mi maleta al hombro; la bolsa con el ordenador, colgada en bandolera. Valeria fue a seguirlo pero se detuvo ante el primer peldaño. Dio la vuelta y chocó conmigo, que cerraba la marcha. Desprevenido, recibí el brusco impacto de su frente en mi boca y su cabello me rozó la nariz. Permanecimos casi pegados, yo sudando a causa de la actividad que mi cuerpo iniciaba bajo mi cintura y fuera de mi control; ella, pensativa, absorta en otra clase de obsesión. Quizá la misma que la hizo despegarse de mí y abrir ambos brazos como si me mostrara algo infinitamente más complejo que el desorden boscoso que nos rodeaba.

«Esto es como el amor, como la muerte. Lo tomas o lo dejas», murmuró.

¿Se refería al jardín, a «Villa Encore», a Beirut? No se lo pregunté. La miré, sin entender que había empezado a forjarse en mí la imagen de Valeria destinada a perdurar. El misterio, el secreto, el perfume.

«¡Y eso! –exclamó, señalando la cabeza del efebo–. Eso de ahí *tampoco* es auténtico.» Absurdamente, subrayó el adverbio.

Valeria Conte, señora de las claves y de la memoria.

Han transcurrido casi cinco años y es invierno en Beirut, un invierno caprichoso y colérico, que va y viene sin enseñar sus cartas. Puede que lo alterado sea mi percepción del pasado reciente, atravesada por tensas vetas en las que se concentran otros lugares de esta región en donde otros inviernos, o sus fragmentos, también dejaron huella.

Llueve en Beirut. No vuelan pichones en el horizonte, despojado de apresto, que espío desde mi ventana. La ciudad sí podría elevarse y desaparecer, sacudida como un amasijo de envases de cartón. Viento y lluvia, lluvia y viento.

Mañana partiré. Hacia la incertidumbre.

Las noticias resultan tan poco confortadoras como el clima. Esta mañana, en la librería, Émile se ha mostrado más inquieto que nunca:

–Otra vez, otra vez. *Ils sont fous!* Es un crimen, una ilegalidad. Bien, eso me da igual. Soy libanés, he aprendido a no escandalizarme. Esta intervención será una gran, gran, gran *bêtise*. Lo del 91, al fin y al cabo, lo empezó Saddam, y a nosotros nos fue bien, nunca podremos quitarnos a los sirios de encima, así que, ¿por qué no convertirnos en su protectorado, con la bendición de los americanos? *Mainte-*

nant... esto nos aniquilará, arderá la entera región, a corto o medio plazo. Más adelante irán a por Siria y, con ella, caerá Líbano. Ya lo verás, amigo mío. La comunidad internacional... *Merde!* Los países árabes... *Merde, merde, merde!* Nosotros, los libaneses, conocemos muy bien a los occidentales. Su codicia es peor que la nuestra. Apoyan a los tiranos árabes, luego vienen a librarnos de ellos. De un modo u otro, nos destruyen, nos matan.

Casi apasionado, el normalmente cínico Émile, dueño del establecimiento más cosmopolita de esta región, la Librairie Mondiale. Desde que se inició la nueva crisis, la indignación le ha impedido pronunciar su habitual sentencia: «*On a trop vu, ici, à Beyrouth*», «Hemos visto demasiado aquí, en Beirut», palabras que utilizaba para juzgar la inutilidad de cualquier esfuerzo, para justificar la indiferencia, ajena o propia, ante cualquier tropelía. Lo de ahora le enfurece.

–¡Americanos, británicos, franceses, israelíes! –ha rebufado Émile esta mañana. Y yo, como de costumbre, me he abstenido de subrayar que cada intervención externa en Líbano, desde su creación como país, ha respondido a los llamamientos de un grupo u otro, y ha recibido el apoyo de una u otra tribu local.

–Si no contara con la excusa de sus enemigos externos, esta ciudad no se miraría a la cara –reflexionó anoche el Doctor, anticipándose a los comentarios de Émile–. La eterna canción.

Mi encuentro con el Doctor era una despedida, como mi extensa conversación de esta mañana con el librero. Los dos hablan siempre de lo mismo, en claves distintas. La situación. La cuestión libanesa, la cuestión palestina, la cuestión árabe. El librero y el médico se conocen superficialmente –¿quién no, en esta ciudad?–, pero no son amigos. Se estiman por persona interpuesta, yo mismo. Yo, a quien cada uno de ellos aprecia a su manera y cuyas elecciones sentimentales respetan.

Ninguna relación de utilidad los une, al fin y al cabo. ¿Qué sacaré de...? ¿Su trato me beneficia? Soterradas, rituales, preceptivas preguntas que forman el complejo entramado libanés que preside conexiones, acogidas, acercamientos. Hay otros interrogantes. ¿A quién pertenece? ¿Quién lo manda? Y el fundamental: ¿qué es? Tribu, familia, religión, amistades, ocupación, fidelidades. Raramente concitan interés la bondad u otras cualidades de rendimiento difuso.

Representan dos de los muchos rostros de Beirut –ciudad de muchas máscaras– que en algún momento de su historia reciente se han combatido. No personalmente ni con armas, ni el librero ni el médico hicieron nunca otra cosa que practicar sus respectivos oficios, dedicado cada uno, a su manera, a salvar vidas. Pertenecen a comunidades distintas: sus mundos son opuestos. Ellos no lo serían, si se conocieran mejor.

Las tribus no se mezclan. Quien lo hace lo paga caro, en un lado o en otro. Las tribus se temen o desprecian o pelean entre ellas, o descansan para pactar entre sí la eliminación de terceros. Algo que no cambia. «En este país, la forma de ser nacional es no tener un ser nacional», suele apuntar el Doctor, el más nacionalista de mis amigos, ya que carece de país. Es palestino, aunque esta definición no le hace justicia, pues la suya es una palestinidad que no cabe en los acuerdos ni en los planes; que, como mucho, algún día será indemnizada por no poseer lo que nosotros damos por hecho: un suelo propio. Su patria es siempre un sueño y muy frecuentemente una pesadilla. Por otra parte, ya nadie le concederá sin resquemor un pasaporte duradero. Se ha acostumbrado a los permisos provisionales y arbitrarios. Es un efímero permanente. Lo ha sido desde que cruzó la frontera en el vientre de su madre. Lo es hoy, este médico de cincuenta y cuatro años, especializado en pediatría y en espera.

Más que Valeria –también amiga de ambos–, y por ser hombre en esta sociedad de hombres, constituyo una especie de enlace entre el mundo de Émile y el del Doctor. El primero es un cosmopolita frustrado, algo libertino. El segundo, gran lector, se mueve en una cultura de catacumbas, de poesía y filosofía árabes. Ambos poseen –y han contribuido, con otros, a transmitírmela– una idea literaria de Beirut que tiene su raíz en sus experiencias personales. Tanto Émile como el Doctor me han enseñado a apreciar el valor de un día sin retorno. Y eso es la ciudad, en esencia. Vivir al día.

Como este último día, antes de mi partida.

–Este país no se miraría a la cara, si no tuviera a quien echar las culpas –insistió anoche el Doctor.

Una aseveración fácil de entender si uno se mueve en el barrio cercano al aeropuerto en donde vive mi amigo palestino. No resulta difícil sentirse crítico si uno respira el aire contaminado de los suburbios meridionales, los barrios que la nueva ciudad, surgida de su enésima reconstrucción, no sólo evita, logrando desviar también al visitante, sino que parece haber olvidado. Una red de autopistas elevadas y túneles incomunica a los núcleos humanos, los neutraliza. Para verse hay que conducir un vehículo, viajar. A pie, los caminos que unen rebosan de obstáculos.

Beirut, capital del olvido. Así la llamó alguien a quien el Doctor conoció bien.

Anoche, él y yo charlamos, sorbiendo el té que mi amigo ha inventado mezclando hierbas que crecen en macetas rellenas de tierra palestina con que alguien lo obsequió. Cuando hace buen tiempo nos instalamos en su balcón, que cuelga como una cesta sobre el cementerio musulmán tendido al otro lado de la calle, en lo que fue una extensa pineda. El calmo mosaico lunar de la necrópolis, la escueta geometría de sus lápidas nos permiten evocar sin dolor a los ausentes.

Pero anoche diluviaba. El agua se desplomaba con furia, percutiendo en la carcasa de edificios baratos, y el cementerio se había transformado en un manglar. El Doctor y yo nos sentamos en su reducido salón, cerca de la estufa. La afectuosa expresión del médico, su inteligente mirada, los pelos grises que brotan de sus orejas y le dan un toque circense desprendían más calor que el agónico aparato. En el submundo donde habitan los sin patria existe una red de suministro que lo mismo proporciona una vetusta estufa eléctrica que un coche barato, de pinta razonable y tripas recompuestas con elementos procedentes de vehículos desahuciados. Los refugiados llevan más de medio siglo viviendo del aprovechamiento de donaciones y desperdicios; de promesas incumplidas e ilusiones recortadas. Todos los años, desde que lo conozco, el Doctor me anuncia un cambio de automóvil. También anoche:

–Cuando vuelvas tendré un Toyota. Son fáciles de conseguir. Resistentes y baratos.

Luego continuó con la política, con los libaneses:

–Los otros, los otros, siempre los otros. Bien que les convino, cuando nuestros muchachos se sacrificaban, arrancándoles castañas de los fuegos –rezongó. Él y yo hablamos en castellano. Al Doctor se le resisten las frases hechas que aprendió en su juventud, cuando estudiaba medicina en Valencia. Nunca le he corregido, me divierten sus errores, como a Valeria.

Es otra la visión del ayer que se tiene en el mundo del librero Émile, atrapado en el centro de un triángulo formado por los restos de la modernidad entumecida de Hamra, la resignada gentileza con que decae Jumblat, su barrio contiguo, y la irresistible reforma de Ain el-Mressié, cuyos altos edificios ciernen ya la mezquita otomana.

–De nuevo nos implicarán en sus guerras codiciosas. *Les autres ont toujours fait ses jeux au tableau du Liban* –ha observado el librero, esta mañana, al entregarme una bolsa de plástico con los mapas de Iraq que le encargué hace semanas–. Como comprenderás, son anteriores al 91. No creo que el país haya cambiado gran cosa; sólo se ha empobrecido. Te ayudará a situarte, al menos durante los primeros días. Cuando invadan no necesitarás mapas, te lo digo yo. Las bombas trazan y borran, borran y trazan.

Se lo he agradecido con un comentario falsamente alentador:

–Ocurra lo que ocurra, somos dinámicos, aquí, en Beirut –he usado el plural; me siento nosotros, y a ellos, que nunca serán míos, les gusta–. Diligentes, resueltos. Cualidades que volverán a rescatarnos. Ocurra lo que ocurra.

Al menos, tal es la versión oficial de un gobierno en el que nadie cree. A pesar de las reformas, los políticos tienen demasiado en común –incluso algunos apellidos; basta mirar un mapa, leer los nombres de las calles, para saber quiénes mandan, hoy como ayer– con gabinetes anteriores, y con partidos que fueron incapaces de evitar la guerra civil, cuando no colaboraron activamente en ella. «Quince años de carnicería. ¡Nadie ganó, volvieron los mismos! –Émile acostumbra a quejarse, exasperada su cartesiana naturaleza por el despilfarro y la incompetencia–. A vuestro Franco le fue mejor: aplastó a sus enemigos. ¿No es para eso que se asesinan los hermanos? ¿Caín o Abel? No para que ambos queden vivos y fastidien al resto.»

Podría haberle recordado, ya no tan falazmente, nuestra frivolidad, otro factor a tener en cuenta. Nuestra volubilidad nos salvará. Esa forma de oscilar, sin pudor, del entusiasmo al desánimo, de la angustia a la exaltación y, de nuevo, vuelta y revuelta. Todos los días, durante la actual crisis, conforme redoblan tambores guerreros, en cada ciudadano se lee esa mezcla de emociones que invade los periódicos locales. Titular deprimente: la invasión de Iraq, imparable. Gran desgracia. Lamentaciones y cenizas. En las tripas, en la sección de noticias financieras, el tozudo optimismo libanés indica que nuestra economía no resultará perjudicada por el conflicto. Incluso mejorará.

–Aumentará el turismo, dicen –me he limitado a señalar, mirando a Émile con simpatía. Es mucho lo que nos une–. Vendrán más saudíes, sobre todo más kuwaitíes, hartos de aguantar a las tropas norteamericanas aparcadas en sus zonas de recreo.

–Yo no lo notaré –el comerciante se ha encogido de hombros–. Esos viciosos hipócritas... Habrá más demanda de putas rusas, moldavas, o cualquiera que sea la nacionalidad de moda. No de libros.

–El dinero corre, Émile. Hacia los bolsillos de siempre, ya lo sé. Una pequeña parte, al menos, se quedará aquí. Hamra se llenará de funcionarios de segunda, con sus séquitos de esposas, hijos y nueras. Además, las putas también leen, Émile –he añadido–. Muchas son estudiantes, licenciadas. Piensa en Irina. Tocaba el violín.

Le he arrancado una sonrisa. El encallecido librero, finalmente ablandado, al recordar a la pequeña moscovita. Después de hacer el amor con ella, Émile le pedía que interpretara algo de Shostakovich, su compositor favorito, e Irina tocaba al violín el primer movimiento de *El tábano.* La propia muchacha me lo contó, cuando la *heredé* –soy el fruto de notables legados–, y me suplicó que le permitiera tocar la pieza también para mí. Irina no era una profesional. Usaba Beirut para ganar dinero durante los meses de vacaciones. Llegaba a principios de junio, jubilosa, y, a medida que su estío ruso se acortaba, su tristeza alcanzaba notas altas, desesperadamente parecidas al solo de violín. A principios de setiembre, la muchacha regresaba a Moscú para seguir estudiando música y manteniendo a su familia, incluido el padre borracho que les pegaba a todos. Aun antes de que Émile cambiara su suerte, al brindarse a ser su único cliente y protector, Irina amó Beirut y alivió sus inviernos con la evocación de los generosos días de sol que aquí le aguardaban.

El librero ha visto demasiado, lo diga o no. Al poco de conocerlo –cuando yo era un novato en la ciudad–, me contó que una mañana se recluyó en la trastienda e introdujo el cañón de un revólver en su boca. «Durante los *événements*, ni una sola jornada dejé de abrir mi librería. Ni en medio de la más completa desesperación. Y en plena paz me quise volar los sesos.» Le pregunté por qué no disparó. «Mi hijo Ghassam entró en mi despacho, con la bandeja del café. Olía divinamente.» Poco después conoció a Irina. «Y ella puso el azúcar», concluyó. Es viudo y no quiere volver a casarse. «No más complicaciones», suele decir.

Adecuadamente, Émile ostenta las trazas de un experto en incunables. Usa antiparras de montura dorada que posiblemente han envejecido con él, acaricia los libros como si, por el tacto, extrajera sonidos y secretos; habla poco, comparte tacitas de café y vasos de agua helada con sus viejos clientes y acoge con sobria cortesía a los desterrados que esta ciudad insiste en adoptar. En un cajón del mostrador guarda sobres con retratos de mujeres; casi todas prostitutas. «Con ésta hice un viaje a Damasco, ¡estuvimos en el Sheraton!», explica a los clientes de confianza, enseñándoles la foto de una rubia en ropa interior, venus fungible tumbada en el lecho de una habitación de hotel. Nunca lo vi exhibir fotos de Irina. Si es que le hizo alguna. Seguramente sí, al principio de conocerla, antes de Shostakovich, quiero pensar. En ocasiones, cede a los ruegos de sus amigos, y cuenta, con la gracia propia de los árabes para la narración oral, alguna historia personal relacionada con el pasado. Se niega a escribir sus recuerdos. Bien podría. Se lo he dicho hoy, una vez más, antes de despedirme de él con un apretón de manos.

–*Bof!* –una de las exclamaciones predilectas de Émile–. Todo el que ha vivido aquí una temporada, corta o larga, ha escrito su libro. Los nativos también. Hay poetas hasta en los campos de refugiados. Toneladas de poesía, novelas, relatos, diarios de guerra, recuerdos, autobiografías, reportajes. *Bof!*

Se ha encogido de hombros, señalando una selección de la literatura segregada por los padecimientos, que guarda en hondas estanterías, en la parte posterior de su tienda. Libros que tienen, según él, poca salida. «Hay demasiados. La gente está harta de pesares ajenos. Todos quieren escribir sobre sus penas. Nadie quiere leer las de los demás.» Mejor le va con los tratados de arquitectura y demografía generados por el renacimiento urbano del distrito central en los últimos años, por la enloquecida especulación del parco suelo, el gran negocio beirutí. Florecen ediciones de lujo que magnifican el ayer, mitifican la destrucción y doran la píldora del presente.

Émile no desdeña los buenos libros que hablan de Líbano, de Beirut. La ciudad y su imaginario se encuentran a la misma considerable altura. Cada volumen contiene, como mínimo, una vida, y narra parte del *demasiado* que el librero asegura haber visto, y por cuya pérdida –eso fue la paz, para muchos: perder el aturdimiento, chocar contra los restos del naufragio– su espíritu enfermó hasta el punto de meterse el cañón de un revólver en la boca. Cuando palpa delicadamente alguno de los libros que atrapan diferentes fragmentos de la ciudad que amamos, los dedos de Émile parecen recibir noticias muy lejanas.

–Fue una suerte que Gastón Nicolau no llegara a escribir sus memorias –ha dicho hoy el librero.

Y ha soltado una breve y maliciosa carcajada.

De vuelta a mi apartamento, sin quitarme el chubasquero, me he acercado a la ventana y he apoyado la frente en el cristal. Aunque no es la primera vez que abandono Beirut a causa de un trabajo urgente, de un viaje ineludible, hoy el futuro se hunde bajo mis pies. Me agito en el vacío. Partiré en plena lluvia, abandonaré una ciudad color de hormigón batido, desfigurada por la niebla. No debería llevarme conmigo una última imagen tan desolada, sino la de su belleza patrimonial, nuestro privilegio: la luz de Oriente. Luz del desierto, que llega hasta nosotros filtrada por la frescura y la fertilidad del Monte Líbano, y renueva el pacto de Beirut con su cielo turquesa y sus aguas de jade. Pero el mar es ahora un cuenco de sopa turbia. El azote del invierno no le conviene a la ciudad, no le confiere la elegante melancolía de Barcelona o París. Lo aguantamos, como un mal necesario, a cambio de algo de nieve en las cumbres del folleto turístico que envuelve nuestros harapos.

Beirut en la humedad, en la lluvia y el frío, se rompe por las costuras de sus suburbios humildes, sus campos de refugiados, sus inmigrantes. Es una ciudad terrible, Beirut de lluvia y frío, para los perdedores de la vida y la muerte, de la guerra y la paz, para quienes sobrevivieron y quienes todavía esperan la devolución de sus presos y el reconocimiento de sus desaparecidos. No defiende de la miseria a gran parte de sus habitantes, pero es capaz de mostrar una indulgencia sin límites hacia sus adineradas minorías y sus millonarios y vulgares visitantes del Golfo. Esta ciudad de alma atolondrada me permite amarla porque soy extranjero, gasto en ella mis buenos dólares y avivo sus equívocos recuerdos.

«Beirut abre los brazos y también las piernas. De estos y otros contrasentidos emana su seducción. Amamos su caos irresistible, endémico, físico y moral. Su alma venal, sus ubres maternales. Un día u otro, sin embargo, la ciudad nos expulsa.»

Eso escribió, mucho antes de mi llegada, el hombre con quien acabé encontrándome. Y que no era Gastón Nicolau.

No debería partir en plena lluvia. No debería perderme el regreso de los días de luz a la Corniche, a la piel de Valeria.

Desde mi ventana observo a los transeúntes. Evitan los charcos y practican a mayor velocidad que de costumbre el «sube-y-baja» que caracteriza al peatón veterano, experto en desniveles de aceras y en boquetes del asfalto. Caminan muy ceñudos –como yo he hecho, de vuelta a casa–, molestos por tener que cobijarse en espacios cerrados. No somos gente de interiores. Nuestro mundo se desarrolla entre puertas abiertas. Yo, ellos. Nosotros. Muchos reniegan del ayer atroz, hecho de hacinamientos en refugios subterráneos, de jornadas sitiadas por el fuego de la artillería. Otros asumen con naturalidad, sin arrepentimiento, el pasado contrario, más horrendo todavía, hecho de asesinatos y torturas, de vejaciones a indefensos civiles, de horas interminables transcurridas en el interior de un edificio en ruinas de la línea de demarcación, cazando transeúntes a punta de fusil.

Somos, son, gente de exteriores. Sillas en las aceras, miradores, ventanas, balcones, azoteas. Saludos y preguntas que cruzan el aire impregnado de albahaca.

–¡Eh, Abdullah! ¿Cómo sigue tu madre?

–¡Mejor, gracias a Dios!

–¡Marwan! ¡Que amanezcas con bien!

–¡Ojalá! ¡Lo mismo te deseo!

Imposible, en este día de molesto invierno, lanzarse las chispeantes fórmulas de cortesía con que el idioma árabe condimenta el inconfundible estruendo beirutí. Desde mi ventana contemplo un muestrario de rostros mohínos, friolentos, pegados al cristal. Soy uno más. Observado, también. ¿Por qué no? Antes de mi venida ya existían en esta ciudad quienes dominaban mi historia mejor que yo. Ahora soy, como ellos, un desarraigado más. Pero mi desarraigo es mi privilegio. Disfruto de las ventajas del extranjero. Fluctúo de un mundo a otro, de una máscara a otra. Las ruinas que encontré a mi llegada, el trazo de la muerte en las piedras, han desaparecido casi por completo, sepultadas por la rehabilitación arbitraria, la demolición, el diseño de remilgados parterres y la exhibición de artísticas excavaciones arqueológicas: ruinas romanas, ruinas sin recuerdos punzantes. Lo llaman el Jardín del Perdón. Nada que ver con el cementerio que el Doctor contempla todas las noches, ni con las fosas comunes selladas con hormigón que yacen bajo discotecas, mercados o aparcamientos.

Recamado y precioso, el nuevo distrito central ofrece a Beirut la quimera de su restauración, pero a nadie se le escapa que nos encontramos ante una estafa o, aún peor, una metáfora. Un cuento: poseemos el talento imprescindible para reconstruir lo que previamente destruimos, luego también podremos volver a destruir lo que hemos construido y... Se acepta el simulacro porque desconfiar y aceptar e intentar no recordar es la sabiduría con que Beirut soporta la visión de su rostro en el azogue. El rostro de la víctima, que es el del asesino.

Me muevo de una vida a otra, de una muerte a otra. Es mi privilegio.

Fingir, fingirse. Sin dejar de recelar.

–¡Eh, Abdullah! ¿A qué bando, a qué facción serviste con tu fusil?

–Y tú, Marwan, ¿a cuántos mataste?

Preguntas que un forastero plantea con desparpajo. Las respuestas le sorprenderán por su sencillez, incluso su candor. Se hizo lo que se tenía que hacer. Tocaba destruir. Enloquecer. Vandalizar. Triunfaron, quienes fuesen. Perdieron, quienes fueran. No existe ya el ágora única, la voluntariosa mezcla de culturas, ni siquiera como ficción, ni siquiera como utopía. La convivencia se convierte en una exquisita labor diaria. Se interrumpirá cuando alguien –una facción, una secta, una banda de comisionistas, una familia despechada– detente o crea detentar la hegemonía militar y obtenga o crea obtener el apoyo de la potencia imperial de los actuales tiempos. Por eso asusta tanto a la gente de bien esta guerra que viene y que se nos muestra con familiaridad, el anuncio de un nuevo producto disolvente, a punto de irrumpir en el zoco de Oriente Medio.

«Al final de la guerra, cada lobo volvió a su piel de oveja –suele comentar mi amigo, el médico palestino–. Las armas quedaron debajo de las camas.»

Anoche modificó su frase:

–Sospecho que hay grandes posibilidades de que las armas se pongan encima de las camas.

–¿En Líbano? ¿Ahora? –le miré con curiosidad–. ¿Qué será de Palestina?

–Volverá lo mismo, más temprano que tarde. Demasiadas desigualdades, demasiada ostentación. Y también ocurrirá algo malo en nuestros campos de refugiados. ¿Qué podemos hacer con nuestra juventud, harta de promesas, humillada por todos, fascinada por la popularidad de los mártires? ¿No se enrolarán nuestros hijos en la única causa a su alcance, la de morir matando? Antes era otra cosa. Un árabe disidente se exiliaba a otro país árabe de gobierno contrario, se integraba en un grupo político, pertenecía a la oposición. Existía, pese a todo. Eso ha desaparecido.

–Beirut fue el paraíso de las disidencias.

–Ahora el mundo ya no está en dos bloques. Hay un globo único, y quien se le opone es visto como terrorista. Este país, pegado a Israel y tutelado por Siria, apenas mantiene el equilibrio de sus propias contradicciones.

No despertéis a la bestia dormida. Dejad yacer los malos pensamientos en lo más profundo de la montaña, en la gruta de Jeita, que los turistas del Golfo visitan devotamente, como si fuera una prueba de la existencia de Dios, y tal vez lo es. «El infierno, Malcolm, es lo que no podemos ver.» Palabras de Valeria.

«Aquí todo el mundo lo sabe todo sobre todo el mundo –suele afirmar el Doctor–. Hay un inventario oculto, grabado a fuego en la médula de la ciudad.» «Todos nos conocemos», asegura frecuentemente Valeria.

–Los libaneses se anticiparon al futuro. A su manera, fueron pioneros –anoche, entre dos sorbos de tisana, el Doctor repitió uno de sus más arraigados dictámenes–. La desintegración, elevada a categoría de sistema político, no se aplicó por primera vez en los Balcanes, sino aquí. Durante más de quince años. La eliminación sistemática del otro. Yugoslavia fue un juego de niños. ¿Qué había allí? Naderías, en comparación con nuestra quincena de sectas, emanadas de un solo par de religiones monoteístas.

–Vosotros contribuisteis con entusiasmo –dije, esperando su habitual carcajada sardónica.

Esta vez sonó muy amarga.

–Teníamos una causa. La seguimos teniendo –rebajó acíbar y sonrió, consciente de que yo hablaba por hablar.

–Lo sé. Palestina.

–Y vivir. No lo olvides, orgulloso mozalbete. Tú, el que se permite elegir entre dos patrias y usa condones para posponer la reproducción.

La militancia del Doctor consiste en una absorbente pediatría que ejerce en el ambulatorio de uno de los campos de refugiados, así como en un recalcitrante trabajo de mediación y pacificación entre grupos palestinos rivales. Haría cualquier cosa, mi buen médico, por proteger a sus corderos de los coyotes: mejorar la salud y el humor de los coyotes, por ejemplo.

Cuando lo conocí era también un entusiasta defensor del aumento de la natalidad palestina. El vientre de Ruba, su segunda esposa –de la primera, una pariente cercana, se divorció, bien a su pesar, cuando comprendió que era estéril–, había volcado ya a tres criaturas en el inhóspito saco del exilio: dos varones y una niña. En la actualidad son cinco los hijos del Doctor –desde que vivo aquí, han nacido Dima y Darina, mis preferidas–, y no quiere seguir reproduciéndose. «¿Para qué? ¿Para que no se les permita obtener un título? ¿Para trabajar como clandestinos, vivir de las rancias ayudas internacionales? ¿Para que las chicas tengan peor destino que su madre?» El Doctor pertenece a una generación de palestinos que crecieron cuando la OLP se hizo fuerte y parecía posible que los procesos de descolonización de África y Vietnam culminaran en la liberación de su país. Por entonces había fórmulas para que los hijos más inteligentes del exilio estudiaran en el extranjero. Muchos se quedaron. Otros, como el Doctor, regresaron a los campos de refugiados y ayudaron a defenderlos, en las guerras y en esta paz que también los olvida.

–¿Y Ruba? –le pregunté anoche.

Su mujer siempre me abre la puerta, recién duchada y ataviada para la oración del crepúsculo. Lo hace con cordialidad no exenta de altivez, como si estuviera dándome una lección.

–En el dormitorio de las niñas –se quejó el médico–. No me habla, la muy desabrida. Pelea de campeones, hace rato.

Asuntos de religión, como de costumbre. Ambos son

sunitas, pero mientras que el Doctor cree por encima de todo en la medicina y la solidaridad como herramientas del bien, Ruba se ha vuelto conservadora y practica sus devociones desaforadamente.

–No es por el velo, que lo lleve si quiere, es su derecho. Por mí como si cubre por completo su cara de amarga –rezongó anoche el Doctor–. Tampoco me opongo a que brinde sus plegarias puntualmente. Lo que no aguanto es la ostentación que hace de su virtud. ¡A mí, que la conozco desde que era una niña! ¡Tendrías que haberla visto! Mira en qué se ha convertido. No tengo país, soy pobre, no me dejan ejercer mi profesión más que en organizaciones humanitarias y me duelen los dientes. ¿Por qué mi mujer no sigue siendo la misma?

–Según Valeria, sólo una esposa obtusa aceptaría tener tantos hijos, aunque sea contigo y por Palestina, y dedicarse sólo a su cuidado. Y si fuera inteligente, como Ruba en el pasado, se volvería tonta a fuerza de ejercer la reproducción y la crianza.

–Valeria no tiene derecho a opinar. Es una individualista. Aunque la perdono, porque el suyo es un individualismo no egoísta. Y, a su manera, ella también es madre.

–¿Qué quieres decir?

–Las mujeres como Valeria no tienen hijos, sino sueños. Tú deberías saberlo. Sueños fecundados en el microclima sentimental de esta ciudad. Beirut es como la Gioconda, nunca sabes lo que su boca esconde, si una frase de amor o un escupitajo, un beso de amante o veneno de escorpión. Escribí un poema sobre ello. Uno o cien, no me acuerdo, todos mis poemas son el mismo...

Sonrió repentinamente, y se me ocurrió que no debería llamarlo Doctor, sino tío, mi tío el palestino. Y a Émile: mi tío el librero.

–Tengo el hilo perdido –musitó–. Ah, sí, has preguntado qué nos ocurrirá a nosotros. ¿Como país? No lo sé. Pero mi pueblo... Perderemos. Ya hemos perdido. Éramos los árabes más secularizados: míranos hoy. No sólo nosotros hemos perdido, sino todos los laicos de la tierra. Ganan los curas, en todas partes. En tu tierra, los meones en pilas bautismales. En el resto de lo que vosotros llamáis civilización, se multiplican beatos, fanáticos y santurrones. Cada cual en su estilo. Ya los cruzados eran más o menos así, pero, al menos, sus dirigentes hacían ejercicio físico, trabajaban como los soldados, pasaban a cuchillo, sufrían epidemias, tenían cólicos miserables. Esta gente de ahora permanece en sus frías oficinas y en sus cobardes hogares, rodeados ellos y sus familias de mucha seguridad. Hemos perdido, Malcolm. No sólo los palestinos, que fuimos el menos intransigente de los pueblos rechazados.

–Y esta guerra inminente...

–A largo plazo, el suicidio del imperio. Tiene sentido que el arma que los aniquile seamos precisamente sus víctimas, sus muertos, sus perseguidos. De una forma u otra, también Occidente ha perdido a Oriente, la idílica idea que quiso hacerse de nosotros. La guerra de Líbano pulverizó esa fantasía. Los hombres de antes lo sabemos muy bien.

Encendió un cigarrillo con la colilla del anterior, indiferente al bronco resuello de sus pulmones. Me despedí deprisa, alegando que tenía a medio hacer la maleta. Ya habíamos hablado demasiado y temía que no me quedara tiempo para recordar, antes de irme.

Lo dejé allí, con su minúsculo país aprisionado en macetas, y sus cuadernos y lápices a mano, presto a afrontar su insomnio crónico pergeñando poemas. El Doctor pertenece a la categoría de poeta de los campos de refugiados, objeto de las bromas benévolas de Émile.

He aprendido de ellos. Del Doctor, de Émile, de Eloïse y Habib, de Selim. De Irina. De Musa y Alia, incluso. De Gastón. De Beirut.

Aprendí de Valeria. Desde el comienzo. Cuando habló de sí misma, aquella primera tarde, en respuesta a una pregunta formal mía, de dónde eres o algo por el estilo, dijo: «Española de Beirut, beirutí de ninguna parte. Ciudadana del mundo, sin mundo al que pertenecer. Como todos, aquí. Pompas de jabón aisladas en burbujas de aire». Al confesar sin rodeos el carácter soluble de su vida en una ciudad de conexiones huidizas, me inoculó la duda. La duda como método.

Herramienta que se revelaría esencial en los días por venir.

Ignorante de todo, toleré que su voz me apresara. Sentados en la galería de mi recién adjudicada vivienda, asistíamos al crepúsculo de Beirut. Más allá del jardín y de la tapia y de la cornisa de edificios apretados que se alzaba entre nosotros y esta orilla del Mediterráneo, el horizonte marino absorbía los restos purpúreos de un sol glorioso. El color azul pavo real del cielo viró elegantemente al negro, y la luna se quedó quieta como un pomo de alabastro.

«Villa Encore», sumida en la oscuridad y en el silencio céreo de mis recuerdos. El perfil de Valeria, la mancha escarlata de sus labios. Sus pupilas brillaban como monedas. Se pintaba, se pinta aún, el borde interior de los párpados con kohl, como una campesina árabe.

Sentía su respiración a mi lado, acompañada por el siseo de parásitos del jardín.

«Te preguntarás por qué sigo viviendo aquí», habló en voz muy baja, a pesar de que nadie nos escuchaba. Podía oír a Habib, el chófer, trajinando en la planta baja.

Un momento, me dije. ¿Aquí? ¿En la villa? ¿Acaso era la amante de Nicolau, su compañera?

Entonces se encendieron las luces del jardín y de la casa, y regresamos a la normalidad. Valeria alzó la voz para darle las gracias a Habib, en árabe. Era el sonido de otra mujer. Volvió a susurrar, para mí: «Nací en una de esas ciudades castellanas...». Miró hacia el interior de mi estudio, iniciando un movimiento panorámico que detuvo, como sus palabras, al clavar la vista en mi lecho. De repente me azoró que Valeria se fijara en la estrecha cama adonde esa noche me retiraría para recordarla tal como ahora estaba, cercana y oscura. «Vas a tener que dormir encogido –comentó, antes de reanudar su relato–: Ya sabes, una de esas ciudades de tamaño medio, plaza principal medianamente hermosa. Perspectivas de mediano aburrimiento a medio plazo. Me casé muy joven, con un diplomático muy exquisito, recién salido de la escuela, a quien enviaron a curtirse, sin elección, a esta zona del mundo. Cuando le tocó

Beirut, ya no nos amábamos. Fueron años duros, aquí, para él. No apreciaba esto, prefería países de cinco estrellas. Nos separamos después de prometernos que nunca pisaríamos la ciudad donde estuviera el otro. Me han dicho que Carlos es ahora un gay liberado que practica la promiscuidad segura en Nueva York.»

Habría querido preguntarle qué practicaba ella, cuál era su relación con el dueño de la casa. No me atreví, y, como acostumbraba a hacer cuando no dominaba la situación y no quería admitirlo, me puse idiotamente superficial: «¿Qué perfume llevas?».

Acercó el dorso de su mano a mi nariz:

«*Plaisirs Démodés.* Un cristiano que aprendió su arte en Alepo abrió hace poco una pequeña tienda en Hamra. Lo ha creado especialmente para mí, basándose en el título de una vieja canción. Escuchó la música durante seis días con sus noches, y al séptimo dio con la fórmula. Una especie de dios.»

Vuela, Malcolm, planea.

Valeria agitaba su estandarte, que olía a flores de Oriente.

Ignorante de todo, ya le pertenecía.

Barcelona, abril de 1995

Manzanas. Un tenaz olor a manzanas emerge de la moqueta –¿o es el olor de su sangre?–, resbala en diagonal por su rostro un chorro de sangre tibia que le nubla la visión del ojo izquierdo, sangre que mana de algún lugar de su cráneo y empapa la moqueta, de color pardo grisáceo en su recuerdo, ahora no puede verla, contra la que siente incrustada, si es que aún siente algo, la mitad derecha de su cuerpo.

Un olor dulzón, a hotel barato. Olor de ambientador, seguramente.

El hombre yace de lado, encogido en una postura carente de dignidad, con una pierna cabalgada sobre la otra, como si coqueteara en un bar o discurriera sobre algo intrascendente. Yace entre el lecho y la mesa auxiliar con la que ha tropezado segundos o minutos o años antes. ¿Cómo medir el tiempo transcurrido? ¿Se desmayó y ha recuperado la conciencia, o es éste el desvanecimiento final, de ahí el aroma a manzanas, potente, inconfundible? Ha derribado el mueble, en su embestida, y con inverosímil precisión se ha abalanzado, de frente, contra el ángulo de la formica. Ésta sobresale varios centímetros del colchón y lo bordea por completo, llevándolo como en bandeja, excepto en la cabecera; ahí, el ornamento se eleva por la pared, irguiéndose en una lamentable curvatura, con pretensiones de concha. Lo recuerda pero no puede verlo, no detrás del nubarrón rojinegro que obstruye su ojo izquierdo.

Desde que ocupó la habitación, poco más de veinticuatro horas antes (si es su segunda noche en Barcelona y no una más de las muchas que ya no recuerda), el hombre ha experimentado instintiva prevención contra el feo reborde de formica. Es ducho en detectar las trampas con que las habitaciones de hotel reciben a cada visitante. Te vas a pegar una hostia, como no andes con cuidado te vas a romper la tibia, se había dicho. Lo que se ha abierto es la cabeza, al dar con ella contra el alerón amarillento. No ha sido culpa de este gratuito adorno de la cama, que se limitó a permanecer en su sitio, a esperar la acometida de su cráneo, sino de la mesa auxiliar, baja y cuyo tablero, demasiado grande dadas las dimensiones de la habitación, no lo alarmó, en parte debido a que valoró de inmediato su utilidad para depositar encima la botella de whisky, recién adquirida en una bodega cercana y todavía por comenzar, antes de dirigirse al baño para echar una meada de urgencia, con la vista fija en el licor. Te has partido la crisma por culpa de la jodida mesa baja, cuya aptitud asesina no supiste prever. Debes reconocer que lo que resultó del todo decisivo en tu caída fue la atracción del whisky, el temblor bajo la piel, la emocionante aventura de abrir una botella más, acción que siempre pone a tu alcance todas las botellas del mundo, las ya bebidas y las por beber. Te acercaste a la mesa con la bragueta a medio cerrar, sin atender a otra precaución que no derramar una sola gota, alzaste la botella, desenroscaste el tapón para beber directamente y, mientras lo hacías, echaste a andar hacia la cama creyendo que medías bien tus pasos. Tu único pensamiento era tu sed, el trago, el primer trago de la segunda botella en esta habitación. Seguro, pues. Si esta que has derramado era tu botella número dos, ahora vives la segunda noche de tu última visita a Barcelona. Tú y la botella, a la cama, eso es lo que quieres hacer. Acostarla, acostarte. Deprisa, sin desnudarte ni cepillarte los dientes, sin rezar tus oraciones... Estúpido, estúpido. El olor a manzanas, rezar. ¿Qué te ocurre? ¿Te mueres?

Tu propia muerte, esta vez.

Mantén el ojo abierto, piensa el hombre que yace entre la cama y la mesa, causante de su caída y también volcada por el encontronazo. Debe de ser muy tarde, o muy temprano, demasiado silencio. Cada tanto oye el grito de alguien que parece pedir auxilio. Nace del agujero del que brota su sangre, pero suyo no es. No puede hablar, mucho menos gritar; el grito no emana de su voluntad. Porque carece de voluntad. De un tiempo a esta parte y con progresiva frecuencia, su cuerpo resuelve por él. Fallos de su equilibrio, vacíos en su mente. Su confusión decide por él.

Primero, en Bosnia, y ahora, aquí. Dos caídas en menos de una semana, compañero. Un observador imparcial diría que los acontecimientos se precipitan. El hombre busca otras frases tópicas propias de los de su oficio, cuya comicidad lo ayude a mantenerse despierto; combinaciones de lugares comunes que solían divertirles durante las esperas. Las múltiples formas de guerra civil que asolan Líbano. Según fuentes bien informadas. Habitualmente solventes.

¿Un diplomático de un país europeo? ¿O un europeo de un país diplomático? Pequeña gran nación. Paraíso de la tolerancia. Suiza de Oriente Medio. Los heroicos habitantes de Beirut, en otro tiempo considerada el Montecarlo de Oriente. Mapa del dolor. Tribus con banderas. Todos contra todos. Hay que estar loco para vivir ahí. Tras la huella de los hechos, cosechando la noticia. Trivialidades que se derrumbaron detrás de él, cascotes. Y hoy, en esta primavera del 95 cuyo final no presenciarás, a tus cuarenta y dos ya te pudriste, las falacias son otras: «Beirut renace –leíste hace poco una de las ñoñas deposiciones del incombustible parásito–. En estos días, la ciudad, considerada en otro tiempo el Montecarlo –y etcétera–, se alza sobre sus cenizas en una soberbia lección de supervivencia», y etcétera, escribió el viejo tunante, contra quien Fuad también te previno.

Lo que está sucediendo allí no te concierne. Ocurre sin ti. Sin ti, el desterrado. «Vuelve al lugar de donde viniste, pues aquí la calle te rechaza», citas defectuosamente al poeta[3], leíste sus palabras en árabe, en otra dimensión.

En algún momento se detendrá el flujo de la sangre, por el amor de Dios, que se detenga, ya se lo dijo el médico español que lo atendió en Split y firmó la autorización para que lo subieran al avión militar: coagula usted demasiado deprisa, tómese una aspirina infantil cada dos días, coagularé en un par de minutos, se dice el hombre. O no. Los médicos se equivocan. Curioso, que las dos costillas rotas no le duelan, el cirujano de campaña hizo un buen trabajo, es probable que no las sienta porque están en la mitad de su cuerpo que permanece hundida en la moqueta y conquistada por la negrura absoluta, camino del infierno. Alguien debe impedir que el proceso de coagulación me sorprenda con el ojo cerrado, pues sigue vivo, se mantiene atento bajo la costra que empieza a formarse, alimentándose de mi sangre, este ojo, al menos, no se ha rendido. No lo quiero sellado, no me quiero liquidado por el primero que entre en la habitación, alguien tendrá que entrar, no has colgado el cartel que advierte «No molesten». Más de una vez pensaste que sería la frase idónea para tu epitafio, mejor en neutro inglés: «Do not disturb». Éste es un hotel barato, no hay cartel que colgar ni tampoco camarera fija, a saber cuándo limpian, cuándo te encontrarán, todavía respirando y tan muerto, en apariencia, como antes estuviste supuestamente vivo.

Un hotel barato, inverosímil para alguien como tú. Ni hace un año, ni en todo tu itinerario anterior, ni en tu futuro, si es que lo tienes, debió corresponderte un hotel tan ínfimo, con un penoso teléfono de línea interior, adosado a la pared, que usaste para pedir agua mineral. Te la trajo el conserje, junto con una no solicitada sonrisa de conmiseración y una ojeada comprensiva al vaso que tenías en la mano, sucio de pasta dental. Agua mineral para añadir al whisky hasta colmar el recipiente, tu desayuno, una heroicidad te parece ahora, la de añadir agua, ya que incluso un licor tan mediocre merece ser tomado a secas.

El hombre rememora otra mirada y otro hotel, en Amán, y un vaso alto, de cristal fino, elegante, acorde con el lugar, la mirada a la que entonces se enfrentó era aún peor, son las nueve de la mañana, ¿ya vas a beberte eso?, preguntó Gerry Milton, compañero de hazañas pasadas, un inglés demasiado brutal como para camuflar su repugnancia ante la piltrafa en que el hombre se había convertido. ¿Te parece mucha?, contraatacó el alcohólico. Su ironía se reveló ineficaz, así que pensó en postergar la bebida, tomarse el café de un trago, darle al fotógrafo una lección, se trata de una mala temporada, le ocurre a cualquiera. No resultó, su mano temblorosa asió la taza y tardó una eternidad en conducirla a sus labios, mientras a su alrededor las conversaciones se detenían y Gerry Milton seguía mirándolo, acusándolo. El mismo Gerry que, años atrás, le dijo en tono de chanza que necesitaba hacerle un buen retrato. «Por si te secuestran –explicó–. No tengo ninguno.»

Bebió el café, todo un valiente, y el líquido amargo rebotó en su estómago, recuerda, tuvo que levantarse y correr al baño a vomitar, trastabilló al pasar junto a la gran mesa central a cuyo alrededor desayunaban sus otros colegas, intentó enderezar sus vértebras, un occidental en las colonias no debe desfallecer, se dijo, estirando el cuello. La idea de desmayarse como una damisela le produjo un arrebato de hilaridad. De alguna forma consiguió alcanzar el excusado, sin dejar de preguntarse cuál de los caballeros periodistas, sus atentos colegas, sería el primero en acercarse al inglés para interceder por él: «Haz algo, tú lo conociste en Beirut, va de mal en peor, ya ni siquiera trabaja, lo despedirán, estamos muy preocupados, es una suerte que hayas llegado ahora y te quedes aún unos días, nosotros tenemos ya el visado, hemos de irnos, no queremos dejarlo solo». Seguramente fue Nils, el bueno de Nils, su pálido rostro danés expresando la adecuada preocupación, compartida, en discreto silencio por su esposa peruana.

Peor que la lejanía física del teléfono, concede, mientras intenta mantener abierto el ojo izquierdo, con la mitad derecha de su cabeza entregada ya a las tinieblas; peor que la amenaza de la sangre, fluyendo imparable, y que la incomparecencia de la inexistente doncella fregona en mano, peor le resulta no poder servirse una copa o dos o mil, precisamente en una situación como ésta.

«Lejanía de la botella», qué buen título para un poema.

Has tanteado la moqueta a tu alrededor con la mano izquierda (porque si este tu único ojo vivo es el izquierdo, esto que se mueve con torpeza tiene que ser tu mano izquierda), alargando el brazo, rascando con las uñas, que se te han llenado de suciedad, de polvo y restos diminutos, migas de pan, bolas de pelusa, has olfateado, acercando tus dedos a la nariz también anegada en sangre, ni rastro de olor a whisky, sólo a manzanas y cada vez más fuerte. La botella debe de haber caído hacia atrás, hacia la cortina de plástico que apenas separa el dormitorio del pequeño cuarto en cuyo inodoro sin tapas measte rápidamente pensando sólo en beber, te lo habías ganado, cada trago tiene su cómo y su porqué.

Absurdo que recuerde al detalle la escenografía, aunque no tanto teniendo en cuenta su sospecha de que va a morir, antes o durante o después de amanecer. No dispondrá de alcohol para consolarse, ni siquiera para tomarlo, diluido en agua, como desayuno.

Si es cierto, como aseguran, que en la sangre de uno se mezcla el licor ingerido –un mal chiste: soy JB positivo, o bien RH etiqueta negra–, pronto estará más sobrio que un bebé. La sangre no deja de manar, el médico de Split era un inepto. La siente resbalar por su rostro, no es sangre lo que ve, ni sombra externa alguna lo que ocupa su retina, sino el catálogo de los hoteles de primera que frecuentó en el pasado. Si se le permitiera elegir, preferiría despedirse de este mundo en una habitación de lujo, todo pagado por la agencia de noticias para la que solía trabajar en otros tiempos, que no siempre fueron buenos para todos. Él vivió de eso y vivió bien, copas aparte, y aun las copas fácilmente disimulables en el conjunto de la factura, a poco que untaras al camarero.

Hoteles de países distintos del que uno lleva dentro, como origen y como predestinación, por larga, meditada y cuidadosa que haya sido su huida.

Pasa y elige un lugar para morir, despliega el catálogo, compañero. Jerusalén, hotel American Colony, ¿la habitación de Graham Greene o la atribuida al coronel Allenby? ¿O escogerías las catacumbas, el bar del sótano, para despedirte de este mundo entre las viejas piedras del odio, balanceándote sobre uno de los taburetes, agarrado a la barra con una mano que ya no te pertenece, una mano obstinada en flotar cuando ya te has hundido? El camarero, palestino y doblemente prudente, por oficio e identidad, ¿recordará tu rostro, musitará una plegaria cuando alguien le comunique tu desaparición? Él contaba tus copas, pudo adivinar tu epílogo. Alguien de la familia.

Optarías por el desastrado Baron, en Alepo. Quedarte seco en un polvoriento sillón del salón principal. Sumido en la pestilencia de albañales que llega del otro lado de la veranda y que las aspas del ventilador de techo agitan con cautela. Habría una copa cerca, desde luego. Decadente, graciosamente sentado junto a la vitrina que guarda las reliquias del traidor. Te refieres a Lawrence, por supuesto, a la abyecta seguridad de su mandíbula. Magno protomártir de la, por imposible, no menos egregia causa de pretender existir doblemente, dos vidas en dos mundos, a costa de la fe de los demás. Enmarcada cerca del retrato, lo bastante para que T. E. parezca señalarla con su puntiaguda quijada, se exhibe la factura que el británico dejó sin abonar al marcharse apresuradamente del hotel: uno de sus delitos menores.

Tú no quisiste dejar atrás cuentas pendientes, nunca te permitiste más complicaciones que las imprescindibles. No soy más que un observador, otro tópico. Observador, notario, periodista. No lamentarás, cuando mueras, otra privación que la del futuro, oasis donde abrevan las oportunidades malgastadas.

Añoras despertar en tu ático de Manara, sitio de luz, faro. Añoras el último inocente amanecer que fundió tu silueta, asomada despreocupadamente al balcón, con la estera jaspeada del mar, que admiraste, distraídamente, sin considerar necesario despedirte del bien obtenido. Añoras los instantes en que Beirut despierta, sacudiéndose la carbonilla de la noche; el chirrido de neumáticos de un automóvil tempranero que avanza como una flecha por la desierta Corniche, la tibieza del sol filtrándose por tu espalda antes de adamascar el Mediterráneo.

Piensa el hombre que pronto no pensará, y se tranquiliza. Entre tanto, en su oscuridad reproduce el contenido de esta habitación de hotel modesto, en esta Barcelona que ayer lo dejó indiferente, después de viajar de balde y en vehículos diversos, desde la primera caída, hay una primera ocasión para todo, para caer figurada y físicamente. Había viajado hasta Split en la ambulancia que lo recogió cuando se desplomó, petaca en mano, desde lo alto de un tanque de la OTAN, en la carretera de Sarajevo; de Split a Vicenza ocupó un rincón en el *Picio* de los españoles. Buena gente, los españoles, un respetuoso sargento lo acompañó en jeep hasta Venecia. ¿Tiene dinero para el billete?, se interesó el militar. ¿No le convendría más un vuelo a París? Y él, palpando el bulto de la cartera en el bolsillo interno de su chaqueta, rozando sin querer el tenso vendaje que contenía sus costillas rotas –no le duelen, la mitad de su cuerpo volcada sobre la moqueta ya se ha rendido–, respondió, sí, me quedan dólares, y no, tengo algo urgente que solucionar en Barcelona.

Dólares para el billete y para este hotel sin camarera ni cartel que colgar en la puerta ni teléfono a mano. Buena gente, sí, los españoles que se hicieron cargo de él cuando cayó del blindado y la petaca también se fue a tomar por culo, como hoy su última botella.

Barcelona ha cambiado, sin duda lo ha hecho, como temes que le ocurre a Beirut, lugar en donde no querrías morir, eso sería de justicia, sino vivir, y eso sería de prestado. Que Barcelona cambie no significa nada para ti. Nunca te sentiste suyo. No la amas, luego no la echas en falta. Fue un simple apeadero, otro lugar donde la cagaste, pero la ciudad nada tuvo que ver con ello. No hay resentimiento ni nostalgia. Una insana esperanza, por eso viniste. ¿Cuál es la otra frase tópica, de uso generalizado? Volver a empezar. Tan mortífera como cualquier guerra. La ilusión animal que condujo tus pasos de beodo, obligándote a adquirir un billete Venecia-Barcelona, sobraba una plaza en el vuelo directo, qué catástrofe.

Nadie tendrá que pagar por ti, nadie recibirá de ti carga alguna. Míralo de esta manera, amigo. No más hoteles baratos.

Sólo manzanas. Para los cerdos. Para ti.

Una correspondencia particular

De: *Gastón Nicolau {alibey.222@netmail.com}*
Lunes, 28 de setiembre de 1998. 11.35 horas
Para: *jpuigvidal@edinuria.es*

Mi querido Pepe:

A mi retorno de un deleitoso viaje al sultanato de Omán, cuyo monarca me honra a menudo con sus invitaciones a palacio (hombre ilustrado y magnánimo, se complace en consultarme sobre asuntos culturales), halléme con tu protegido (bastante guapo, pillín, no me lo habías dicho), instalado ya en casa y poniéndola patas arriba. Ha aprovechado bien estas semanas, el muy tunante, y en lo que a mis queridos papeles se refiere, son presa de un tumulto similar al que protagoniza esta ejemplar ciudad renacentista (permíteme el juego de palabras), pues constantemente renace de sus cenizas. Malcolm despliega una actividad similar a la que ahí fuera (tú, que te quejas tanto de las obras de Barcelona, deberías pasar una temporada en Beirut) desarrollan decenas de excavadoras, cientos de camiones, miles de grúas. Socavada, temblona, la ciudad de vocación internacional redunda en nacer de sus ruinas, y esta vez en el sentido más literal, ya que teje su reconstrucción usando el cañamazo de sus escombros de guerra a modo de cimientos. Estos libaneses lo aprovechan todo. ¡Admirable Beirut! Has actuado con cordura aceptando que yo también reconstruya mi vida, para el bien de los seguidores que, modestamente, creo tener, y que ven en mí a un fiel cronista de este bello y convulso Levante, en cuyos vericuetos la más dramática historia de nuestro tiempo tiene a menudo una cita fatal con el destino.

No me equivoco al afirmar que tal volumen de experiencias (y aquí utilizo uno de mis famosos juegos culturales de palabras: volumen en cuanto a copioso acervo, que bien podemos publicar en dos o tres volúmenes; en modo alguno te resultarán acerbos) hará de ti el más exquisito de los editores y también el más sensible a las cuestiones levantiscas (interprétame de nuevo, querido amigo). Admito que estaba desilusionado por tu prolongado silencio, habida cuenta que mi oferta data nada menos que de ¡1994!, año de gracia en el que comprendí que debía ofrecer al mundo mis vivencias. Alicaído por tu falta de interés, te lo confieso, llegué al extremo de no animarme a presentar mi magno proyecto a otros editores más generosos y no tan cultos como tú (denuncio como infundio el rumor de que Ediciones Herodotus y Cuadernos de la Historia rechazaron mi proyecto antes de que te lo ofreciera: es una maldad puesta en circulación por mis numerosos e insignificantes enemigos de Madrid). Sin embargo, querido Pepe, Alá ha iluminado tus entendederas y aprecio en lo que vale tu tardía aceptación, sobre todo porque el incansable investigador que hay en mí (mitad historiador, mitad antropólogo; humanista, siempre) siente ya la urgencia de comunicar al orbe (no dudes de que seremos traducidos; hay un editor sirio, a la vez ministro de Defensa, personaje algo contundente, que ansía hacerse con los derechos en árabe; no te digo más) todos los avatares de una existencia que me atrevo a calificar de fascinante. Por no hablar del delicado lirismo con que el fino arado de la evocación roturará mi prosa.

Debo manifestar que no sólo me sorprendió tu aceptación, sino también tu generosa oferta para enviarme un ayudante, nada menos que tu propio ahijado, con gastos a tu cargo y el objeto de ahondar en mí y en mis papeles para facilitar la recopilación de mis memorables memorias. Ya sabes que mi colaboración mensual con la revista *Casiún-Albarraicín*, por culpa de mi rigurosa minuciosidad, ocupa gran parte de mis horas. Están, además, las invitaciones sin cuento que llegan hasta mí desde un sinnúmero de organismos oficiales y culturales. Reconozco también que soy algo desordenado. Mis continuos desplazamientos me impiden ocuparme del archivo y, aunque aquí el personal de servicio resulta menos oneroso que en la despilfarradora España, bastante tengo con mantener al chófer, a Eloïse y al administrador de mis intereses económicos. Además, tienes razón, hemos perdido demasiado tiempo (por tu culpa). Mis lectores no esperan.

Volviendo al chico. Paréceme voluntarioso y despierto, un poco pez en las presiones que soporta este mortificado y febril Levante de mis amores. Mas lo presumo ávido de beber en las fuentes de sabiduría más cercanas, como yo mismo y mi nada despreciable biblioteca, en la que lo observo sumergirse, en busca de más ilustración de la que mi tiempo me permite concederle. Me han sorprendido, te lo reconozco, sus excelentes modales, la deferencia que muestra ante mi magisterio y su bienaventurado desinterés por los ocios y costumbres que hoy en día atraen a su lamentable generación. Aparte de que es muy mono, ya te lo he dicho. De tus explicaciones acerca de su infancia y adolescencia me atrevo a deducir que su talante maduro e introvertido es la afortunada consecuencia de haber crecido sin padre, floreciendo al milagro de la vida bajo el calor de la ternura y los desvelos que son patrimonio de una madre. También yo perdí a mi progenitor a edad muy temprana, no tanto como él, hijo de padre desconocido, según me cuentas. No, no te preocupes, guardo una total discreción al respecto. Por otra parte, yo podría consolarlo. No se pierde a una madre así como así. Vislumbro que tu Malcolm necesita pasar una temporada alejado de cuanto le recuerda la tragedia de su pérdida.

Y es para mí un orgullo que, en su lecho de muerte, esa gran mujer dedicada a la literatura gastronómica (extraña forma de canibalismo literario, a fe mía) confiara su hijo a mi custodia, al menos temporalmente, para que inicie su aprendizaje de la vida en este pintoresco rincón del planeta.

Por suerte, madre no hay más que una, estimado editor, y esto no es una de mis bromas. Pues tan grave es el duelo en que nos sumerge su desaparición, que toda una vida no basta para llorarla. Ah, Avelina (pues así era como mamá me obligaba a llamarla, por su nombre de pila). Gran mujer, moderna mujer. No tanto como para folgar con amante fugaz, en pos de la maternidad, cual hizo la progenitora de nuestro Malcolm (la de mamá era otra época), pero sí lo bastante para fumar en público y dirigir un negocio con la energía que nuestro injusto mundo suele adjudicar estrictamente a lo masculino. Bueno, ya me desahogaré respecto a ella en mis memorias. ¿O tu interés se circunscribe a la porción de mi vida relacionada con lo que los profanos denomináis Oriente Medio?

Oigo a Malcolm acarrear mis legendarios archivos, de un punto a otro de sus habitaciones. Di órdenes precisas para que, en mi nombre, mis buenos sirvientes pusieran la casa a su disposición. Se ha instalado en la planta superior; es lo bastante amplia como para servirle de vivienda y estudio; goza de cuarto de baño particular y de una espléndida galería situada encima del porche, abierta a mi querido jardín. Desde arriba se divisa un pálpito de mar de belleza inigualable.

Eloïse, que tan bien ha cuidado de mí a lo largo de todos estos años (no olvida la gratitud que me debe; mi acogida la salvó de muchos peligros), se encargará de mantener en plena forma al apuesto niño de tus ojos.

Te tendré al corriente de cuanto vaya surgiendo. Ahora debo recibir a mi administrador. Te parecerá ocioso que alguien como yo tenga que descender a luchar con números, cifras, gastos. ¡El vil metal a todos contagia, amigo mío!

Recibe un abrazo.

Gastón

P. D. Tal como quedamos, le he enviado a Pilarín la primera factura por los gastos de manutención de tu ahijado. Aquí todo está carísimo, y él come por dos, según cuenta Eloïse.

Beirut, febrero de 2003

Recupero el recuerdo de mis jornadas iniciáticas en «Villa Encore», antes de que Gastón regresara de Omán. Las escruto, como hice con sus papeles y cuadernos, y tantos otros documentos que llegaron a mis manos, más adelante. Malcolm, el lector.

Separo las horas, intento distinguir las erratas del tiempo, la veta escondida que condujo a la trama principal. Se resisten, se mezclan los días primeros, forman una pasta correosa de la que sólo recuerdo mi apremio de ver a Valeria: como fuera, donde fuera. Desde cualquier humillación, en cualquier condición. Asustado, intentaba tasar la magnitud del yugo al que iba a uncirme sin protección alguna. A mis veintitrés años era prácticamente virgen. Me reservaba, como una doncella, con la vaga intención de convertirme en el hombre que, todavía más vagamente, imaginaba que debía ser.

Ni rastro de Valeria en los días que siguieron. Se había despedido de mí aquella primera noche con un «Hasta la vista» que acepté como otra de sus rarezas gramaticales. Si los años que llevaba alejada de España enturbiaban su castellano hasta el punto de desorientarle los adverbios –aquel inadecuado *tampoco*, al referirse a la supuesta falsedad de la cabeza del efebo romano: ¿en comparación con qué, con quién?–, bien podía atribuir a su despedida propósitos que no contenía literalmente. Su «Hasta la vista» significaría: «Nos vemos. Nos vamos a ver. Te veré. No podemos dejar de vernos. Hasta mañana».

No hubo mañana, ni pasado, ni el otro. Y cuando, por fin, me atreví a preguntarle a Habib por Valeria, me respondió que estaba muy ocupada. «Otra vez clases, mucho trabajo», dijo. «¿Clases?» «Sí, de español.» «¿La señora Valeria toma clases de español?» El chófer, un druso mostachudo y esbelto como un chico, a pesar de su cincuentena, se echó a reír. Valeria daba clases de castellano en el instituto español, donde tenía alumnos libaneses, y también en los campos de refugiados palestinos, dijo.

Dominaba el idioma. No hubo, por tanto, fallo sintáctico. Mi interesada traducción replegó velas. Su «Hasta la vista» original cuajó en amenaza. Hasta nunca, temí. La había decepcionado. ¿Qué interés podía encontrar una mujer de su fuste, sin duda *vivida* –palabra desplegada en mi mente con luces de neón–, en un muchacho inexperto como yo, un producto del mundo que Valeria había rechazado?

La trama de esos días se espesa aquí. En mi deseo de ella. Permanecí confinado en la casa. El exterior era Beirut, y Beirut, para mí, encarnaba la ausencia de Valeria.

Me refugié en los papeles de Nicolau, de quien recibía noticias puntuales a través de Eloïse, una suerte de ama de llaves de horario irregular que, junto con Habib, hombre para todo además de chófer, cuidaba de «Villa Encore». «El señor ha retrasado su regreso. Quiere saber si necesita algo.» «El señor ha preguntado por usted.»

Pasaba horas y más horas en el estudio, y así un día se añadía al anterior y éste al siguiente, sin brindarme otro paisaje que la letra apretada del viejo erudito en sus dietarios, sus legajos, sus registros históricos, sus cuadernos, dedicados a descripciones de paisajes y personalidades. Mi espartana vivienda no había perdido su indiferente atmósfera original de descuidado almacén. Habib había hecho lo posible por tornar acogedora aquella pieza grande e impersonal, repleta de estanterías, y Eloïse había puesto cojines en el camastro cubierto con una colcha verde, y procuraba que no faltaran flores en la mesa de tablero. Una silla, un perchero y una cómoda de diversas procedencias completaban el cuadro.

Junto a la galería, lo más hermoso de mi vivienda porque desde allí veía el mar, habían instalado una *chaise longue* modernista de ondulado diseño que molía mi espalda, y una mesita alta e inútil, de patas retorcidas, con lámpara de tulipa. Retrospectivamente, esta concesión a la armonía me conmueve, porque pertenecía a la más delicada sensibilidad de Gastón, a su amor por los objetos exquisitos y a la absurda aunque gentil pretensión, muy propia de él, de que alguien pudiera leer durante horas auxiliado por artilugios tan poco prácticos.

Transcurría las jornadas subrayando, tomando apuntes que inmediatamente se me antojaban inútiles. Cuando me cansaba elegía, de entre los libros acumulados por Nicolau en aquella estancia, uno que descubrí por azar, una colección de postales antiguas que me permitía situar a Valeria en un pasado remoto e incluso simulado: un personaje inofensivo, perteneciente a la ficción. Tumbado en la *chaise longue*, pensaba en ella como en alguien de un ayer remoto, emparedada entre escenas arcaicas. La olvidaba, la relegaba, absorto en las imágenes coloreadas de una extinta Promenade des Françaises, así como del tierno desfile sobre zuecos de los *«petits internes»* de la Université St-Joseph, y de la consulta de un tal doctor Nikolai, oftalmólogo, en pleno examen de un paciente[4].

Intentaba ausentarme de mi cuerpo minado por la urgencia de Valeria, y elevarme de modo que la actual Beirut y sus pobladores, y sobre todo ella, mujer del «Hasta nunca», quedaran tan distantes como la panorámica de la ciudad perdida que mostraba el libro abierto en mi regazo. Esfuerzo vano, porque pasaba las páginas y, súbitamente, dos formas femeninas de rostro velado inclinaban sus cántaros para llenarlos en una fuente pública, y en el quiebro de sus cinturas la reconocía a ella, y la reconocía también en la oscura muchacha que elegía pulseras en una calle del zoco, y entonces mi sexo percutía con la ansiedad de mi corazón, y el consuelo que me proporcionaba por mí mismo me reducía a más soledad y angustia.

Tan concentrado en mis tareas estaba que Eloïse y Habib se preocuparon por mí. La primera, queriendo obligarme a comer más de lo que mi apetito requería. Le dije que el cambio de aguas me había afectado al estómago, rezongó un poco, y no insistió más. Habib, por su parte, se obstinaba en que paseara por la ciudad, en que me aireara: «No bastante con galería, con jardín», rezongaba. Le dije al chófer que mi trabajo era lo primero, y se encogió de hombros. «Hombres locos», se limitó a comentar, en su incompleto inglés.

Lo que más me entretuvo, en aquellos días, fue observar a la pareja de criados. Eloïse, una mujer robusta, de rostro anguloso y cabeza de gorrión, era una católica ortodoxa de origen armenio cuyo marido fue asesinado al principio de la guerra. Poco después consiguió mandar a su único hijo, de diez años, a Canadá, a vivir con unos familiares, y ahora él estaba casado, tenía sus propios hijos y un negocio de importación de artículos orientales que le permitía visitar a su madre dos veces al año. Eloïse había estado una sola vez en Montreal, de vacaciones, y no deseaba mudarse allí. Sacudiendo su cabecita de pajarillo, me dijo: «Soy muy vieja para cambiar de costumbres. Además, ¿qué haría *monsieur* sin mí?». En cuanto a Habib, hablaba poco de sí mismo. Era muy reservado, pese a su talante jovial. No por ello dejó de mostrarme las fotografías de sus cuatro hijos varones, hazaña que lo llenaba de orgullo y que difícilmente habría deseado ocultar.

Ambos compartían el cuidado de la casa y de Nicolau desde hacía tantos años que era fácil para un recién llegado tomarlos por marido y mujer. No necesitaban palabras para comunicarse. Cuando Habib realizaba alguna labor a destiempo, Eloïse gruñía con desaprobación, y él se encogía de hombros; o al revés. Criticaban al otro conmigo, buscaban mi aquiescencia o estimulaban mis comentarios. Siempre en tono menor, como un juego. Creo que tener celos de mí echaba sal y pimienta a sus tareas.

Me afané como un convicto, pues, estudiando los papeles de Gastón Nicolau. Amontoné páginas mecanografiadas y manuscritas. Seleccioné, clasifiqué, examiné. Y lo que conseguí fue hundirme en un foso de retórica, de imágenes pretenciosas y frases rebuscadas. Se narraban hechos históricos, se desarrollaban hipótesis políticas, se describían paisajes hasta la extenuación. Había biografías, fechas, citas cultas, declaraciones debidamente entrecomilladas de personalidades significativas. No era suficiente. El autor mostraba una notable incompetencia para describir con emoción o calidez acontecimientos que habían resultado objetivamente apasionantes no sólo para Oriente Medio –una zona cuya trascendencia, gracias a mis lecturas de esos días, empezaba a intuir en mi bisoñez–, sino para el resto del mundo. Gastón Nicolau no se implicaba personalmente.

Tampoco los cuadernos usados como dietarios contenían indicios de humano interés. Ejemplo: «*Finales de agosto, Beirut insoportable. Guerrilleros de la OLP evacuan la ciudad. Los conducen en barco a diversos países árabes que han prometido acogerlos. Amarga capitulación de Arafat, que ha estado pavoneándose hasta el último momento. Sus muchachos, muy vistosos, disparaban al aire*». Ejemplo: «*Primer sábado de junio. Ceno con el embajador. Su esposa, una cautivadora cristiana del Monte Líbano, familia señorial donde las haya, viste con exquisito gusto. Se diseña ella misma la ropa. Creo que ha abierto una boutique en Santander, la ciudad natal de Su Excelencia. Malas lenguas afirman que, en la bodega de la embajada, un pelotón de filipinas se afana en sus máquinas de coser, y que el género es enviado por valija diplomática. Dios me libre de averiguarlo y ponerme a la legación en contra. Los vinos, españoles, como de costumbre*». Ambas referencias, escritas con seis años de distancia, reflejan el mismo estilo frívolo, impersonal; los sentimientos de Arafat y los vinos de la embajada merecían para Nicolau parecido juicio y tratamiento. Otra anotación: «*Entrevisto a uno de los gerifaltes de Hezbolá, turbante y toda la pesca. Llegar hasta su cuartel general no resulta fácil. Semanas de mi precioso tiempo, pendiente de la confirmación. Una vez allí, todo son amabilidades. Mucho café, mucho té, mucha soberbia. Antes, en la entrada, entretenida charla con un jovencísimo miliciano a quien conozco del barrio. Proviene de una familia excelente, culta, muy enraizada en las tradiciones de la ciudad, cuya reputación puede quedar en entredicho, y no precisamente por culpa del chico de largas pestañas*». Y nada más. ¿Qué haría yo con aquello? ¿Notas de sociedad?

Sus artículos periodísticos, recortados y pegados en álbumes, contenían más datos, y fechas, así como comentarios acerca de las dificultades a que la guerra sometía a la población civil, y una exagerada atención al «*valeroso comportamiento de los extranjeros*» que vivían en Beirut, resistiendo «*la falta de agua y luz, la escasez de alimentos*». Literatura pretenciosa y autocomplacencia.

¿Eso era todo?

Si lo era, debería dar por concluida mi estancia en Beirut. A tenor de aquellos papeles, Gastón Nicolau necesitaba que le redactara sus memorias un novelista, no un simple editor de textos que había aprendido el oficio apañando libros de cocina. Si mi anfitrión no había disfrutado de una vida hecha de carne y sangre, alguien debería construírsela.

Y ese alguien no iba a ser yo. Bastante tenía con inventarme a mí mismo.

Todos mentimos. Yo, el primero. En este rincón del mundo y en cualquier otro. Hay diferencias. Habib y Eloïse, por ejemplo. Deslizaban cotidianamente sus pequeños embrollos, nada embarazosos, integrados en el latido de Beirut. Según ellos, yo era un dechado de perfecciones, incluso cuando tropezaba con los muebles o hacía añicos una taza de la mejor porcelana. Su idea de mí, que me ofrecían con generosa sencillez, era la de un chico simpático, inocente, y además, un sabio en ciernes, prácticamente un futuro Gastón Nicolau, un señor, un amo. A mis espaldas, sin duda, se burlaban de mi credulidad, y si era así lo harían sin maldad, porque usaban sus mentiras como un producto suavizante, recomendado especialmente para facilitar el roce diario. Polvos de talco sobre la epidermis de los días, lo contrario de nuestra desalmada franqueza occidental.

Aquí no se practica, lo he descubierto con placer, casi con fervor, la perversión de la sinceridad a ultranza. Sinceramente, te diré la verdad. Sinceramente, ya no te amo. Sinceramente, te abandono. Sinceramente, nunca te quise. Sinceramente, te mentí. Sinceramente, te apuñalo por la espalda. Muérete ya, sinceramente.

Existe, en este lado del mundo, otra clase de teología, que pocos en Occidente practicamos: la de la ambigüedad. Puede que sí, puede que no. O puede que pueda ser que sí y que no. Sí, si así te parece. No, si no lo quieres. Se miente por piedad, por pereza, por interés. A diario. Cada hora, cada minuto. Una gran mano blanca borra compasivamente las mentiras leves en cuanto se pronuncian, para que unos y otros puedan seguir mintiéndose, para que la vida continúe y todos participen de la convención necesaria, de enredos secundarios propios de una ópera de Mozart.

Y luego está el engaño cruel, el que duele, el que asesina, común a Oriente y Occidente. Engañar para salvarse, disculpar un crimen o castigar a quien lo cometió. Mentimos, engañamos. El truco mediante el que la vida nos engancha y avasalla, la explicación a la inquietud que ha de perseguirnos hasta el fin del tiempo es que nadie conoce del todo, nunca, la mentira o la verdad del otro. Tal es la naturaleza del suspense que nos desazona hasta la muerte. Lo amenazante se encuentra entre nosotros, no entre los dioses.

Había aceptado trabajar como escriba del viejo porque necesitaba convertirme en otro, retoñar de mi cabeza, inventarme. Semejante operación sólo se efectúa negándoles su lugar a los recuerdos. Beirut y Nicolau me ofrecían una oportunidad única. ¿Quién, en la ciudad extraña, registraría mis orígenes y frustraciones, mis carencias y miedos? Tomarían de mí lo que quisiera darles, esa corteza de joven serio, de aprendiz solemne, afable, si bien algo torpe. Personaje que habría de incorporar hasta dar con un modo de vida más provechoso.

Si las cosas iban bien, devendría real.

En Beirut ya no era quien había sido en Barcelona. El hijo único de Laura Mestre, valiente y libertaria Laura Mestre, experta gastrónoma, admirada y popular autora de libros de recetas, responsable de programas televisivos no menos aplaudidos. Laura Mestre, que mezclaba feminismo y cocina, madre soltera a mediados de los setenta, con Franco todavía vivo, aunque por poco. Una heroína cuya excelsa biografía se repetía en las solapas de sus numerosos éxitos de ventas, cuando no en las contracubiertas, para mi bochorno. Su valor al criar a un hijo sin ayuda de nadie formaba parte de su leyenda tanto como su osada puesta al día de la cocina tradicional catalana, ampliada por la adopción de aromas y sabores que abarcaban todo el Mediterráneo.

Para documentarse, mi madre se movía poco. No iba más lejos de Génova y Marsella o, como mucho, Marrakech. Estaba demasiado ocupada escribiendo, grabando programas para televisión y dando conferencias en las que mezclaba fogones y emancipación femenina. Por otro lado, disfrutaba de contactos que la abastecían de libros orientales. Alguien se los mandaba desde Chipre, con periodicidad irregular. Sólo en una ocasión, en el verano de 1995, visitó Grecia, Turquía y Siria, o eso fue lo que dijo. Antes había pasado unos meses muy malos, de desasosiego, como si ya presintiera la enfermedad que se le declararía al regresar de aquel viaje. A su vuelta, y tras someterse a numerosos chequeos, concentró todo su esfuerzo en el tratamiento y en su trabajo, que de ningún modo deseaba descuidar. Laura Mestre daría sus lecciones magistrales incluso con un cáncer dentro, ¿iba a vencerla un mortífero tumor alojado en sus entrañas? Falló en su combate –y cómo me cuesta reducir a una frase banal su heroica lucha diaria por unas sobras de vida–, pero mientras le quedaron fuerzas siguió llevando de un lugar a otro su enérgico mensaje de esperanza. Siempre fielmente escoltada por su hijo, siempre atendida por aquel dechado de perfecciones, yo, Malcolm, nacido por su voluntad de mujer, y criado por mujer, un Malcolm sólo suyo, a quien su público aplaudía, reconociendo en él, en mí, la mejor obra de la incombustible Laura Mestre.

Entiéndaseme. Yo quería a mi madre. Sólo detestaba mi infancia y adolescencia, transcurridas pendiente de sus pasos. Mi único referente masculino –mi modelo paterno, como apuntaría un psicólogo– había sido aquel editor prudente y más que maduro, algo afeminado y convenientemente enamorado de mamá, una mujer imposible de conseguir, como en las novelas decimonónicas. Puig Vidal, padrino dispuesto a adoptarme y a cederme su sensata combinación de apellidos a modo de capote, o quizá como recompensa por los beneficios que le procuraban los libros de mi madre, principal fuente de ingresos de su editorial. Jamás consintió Laura Mestre en ello: el apellido materno, ondeando en mí, probaba su victoria sobre los convencionalismos.

No odiaba a mi madre. Quería madurar por el brío de mis propias decisiones. Acepté Beirut y hubiera aceptado Singapur o Manaos, cualquier ciudad cuya simple mención evocara un pasado ajeno al mío y sugiriera un escenario donde mudaría de piel sin despertar sospechas. Más que un empleo, mi trabajo en Beirut era una etapa necesaria. Por tanto, mentiría a Nicolau en cuanto apareciera, ponderaría sus archivos. Una mentira interesada pero también piadosa, considerando la edad y el grado de respetabilidad de su destinatario. Una mentira que la gran mano blanca de Oriente borraría de forma instantánea.

Y, además, estaba Valeria. Mi calentura sin resolver, mi sed de romance.

Esa misma tarde, Habib efectuó una maniobra dialéctica que tuvo la virtud de sacar a la mujer de su hornacina, al tiempo que me reafirmaba en mi propósito de permanecer en Beirut.

Nos encontrábamos en el porche. Eloïse ya se había marchado, dejando la casa reluciente y mi cena en la nevera. El druso había regado las plantas y enrollaba la goma con parsimonia, con un cigarrillo medio húmedo colgando de los labios. Se quedó mirándome como si sopesara mi inteligencia, luego colgó la manguera en un gancho del muro. Dio una buena calada a su pitillo. «Menos impaciencia –dijo–. Señora Valeria, primer paso en todo. No bueno que tú empieces.»

Se me nota, pensé, ruborizándome. E imaginé las risas de los dos sirvientes, los vi dándose codazos, regocijándose a mi costa. Quise evaporarme, refugiarme en mi estudio, pero la curiosidad y el deseo pudieron más que mi vanidad apaleada. Me tragué el orgullo. De todas formas, pensé, ni Habib ni Eloïse sabían quién era yo, de dónde venía ni qué ambicionaba obtener.

«¿Te lo ha dicho ella?», le pregunté. «No. Yo sé. Lo hará», agregó, filosófico. Si quería humillación, no estaba mal. Un vulgar chófer parecía más informado que yo acerca del comportamiento de Valeria con los hombres. ¿Cuántos le habría conocido?

«Cosita más. No cuentes a *monsieur* que Valeria estuvo aquí, la tarde de tu llegada.» «¿No fue él quien le pidió que me recibiera en su nombre? Y en el aeropuerto, ¿no fuiste tú quien me anunció que ella me atendería?» Habib levantó la cabeza, abrió mucho los ojos y chasqueó la lengua.

Con dificultad, recordé el significado de tal aspaviento, que el propio chófer se había encargado de enseñarme días atrás: no, rotunda, llanamente, no. «Yo sólo hablé del viaje de *monsieur* a Omán, y que todo arreglado para ti.» «Pero Valeria tenía las llaves», insistí. Impaciente, Habib extendió los brazos, poniendo al cielo por testigo de su inocencia y mi cerrilidad: «¡Mujeres! ¡Hombres! ¡Siempre lo mismo! –rebufó–. Gran complicación, problemas con el señor, ¿entiendes? Tú, mejor, apartado». Antes de dar por terminada la conversación, me guiñó un ojo: «Valeria bien contigo. Ella te tiene aquí», y se golpeó el pecho con una mano.

«Ella me tiene aquí», repetí más tarde, a solas en mi estudio, acariciándome el pecho con ternura que imaginé suya, retrasando a conciencia movimientos más audaces. Me intrigaba la comedia del recibimiento de Valeria en «Villa Encore», pero ya tendría ocasión de interrogarla cuando nos viéramos. Porque nos íbamos a ver, Habib lo había afirmado.

Entre tanto, me mantendría tranquilo. Esperaría su siguiente paso. Valeria no era mujer que cometiera fallos, ni de sintaxis ni de tiempos.

Gastón Nicolau regresó a Beirut. Llegó a «Villa Encore» entre golpes de claxon, surgió del coche de Habib y entró en el jardín dando voces: «¡No hay nada como el hogar! ¡Que se queden con Omán y todo el lujo del Golfo!». Besó a Eloïse, que había acudido a ayudar al chófer con el abultado equipaje, y a mí me abrazó enfáticamente, invocando los largos años de amistad que lo unían a mi padrino.

El hombre resultó ser más agradable que sus escritos. Vital, entretenido. Gastón era un catalán de metro ochenta de estatura que se había labrado a pulso el porte de un inglés colonial de vieja película. Se conservaba bien, si tenía los setenta y cuatro años que mi padrino le adjudicaba («El secreto mejor guardado de Oriente Medio», decía Puig Vidal al mencionar la edad de Nicolau). Cuerpo delgado, mejillas sonrosadas, cabello níveo un poco demasiado largo y labios regordetes, de bebé. Pantalones sujetos con tirantes, camisa de popelín celeste acorde con sus ojos; chaqueta de hilo azul marino o crudo, según la ocasión, y –lo comprobaría en cuanto nos alcanzara el primer invierno– un surtido de pantalones de franela y americanas de *tweed* con coderas de ante, de chalecos y corbatas de pajarita.

Era cálido. Aquel mismo día me invitó a cenar en un aparatoso restaurante de la Corniche, en donde lo recibieron como a un marqués. Así le gustaba ser tratado. Como un aristócrata del conocimiento, confesó en cierta ocasión, con su lenguaje estrafalario. Me presentó como su nuevo joven discípulo, y no se lo impedí. Fue una ficción que mantuvimos hasta el final, no sólo de aquella cena, sino de nuestra relación.

Hablaba árabe con fluidez. Admiré el modo en que transmitía sus cantarinas órdenes a una pléyade de camareros y mozos, al tiempo que daba palmaditas, firme pero no árido. Al *maître*, por supuesto, se dirigió usando su francés de *lycée*, tan parecido al mío. Invirtió parte de la cena en instruirme acerca de la multiplicidad de platos y delicadezas gastronómicas que pronto colmó nuestra mesa.

–Éste no es como los restaurantes libaneses de España, reconócelo. Ni siquiera tu madre cocinaba exquisiteces semejantes.

Le conté, con tanto ingenio como pude –deseaba causarle buena impresión, al tiempo que retrasaba la inevitable conversación sobre su libro, y mis mentiras–, en qué consistieron las aportaciones orientales de Laura Mestre a la cocina catalana. Una detallada explicación de su langosta al arak sobre lecho de humus arrancó indulgentes risitas a mi interlocutor.

–¡Langosta! A eso se reduce la naturaleza de Occidente. ¡Langosta! ¡Lujo! ¡Derroche! El Levante, mi querido joven, conoce el arcano de la berenjena, de la alcachofa, del garbanzo y las habas, de la menta y el perejil y la cebolla, conoce la picardía del aliño de las aceitunas, las mañas del pistacho y el maní y la almendra, los requerimientos de la miel y el hojaldre. Aquí los ricos no comen mucho mejor que los pobres. Comen más. Orfebrería de lo humilde, engarce de la materia prima, convertida en gema exquisita. ¡Ésta, y no otra, es la cocina del Levante!

Arrancó la hoja de una lechuga, la hundió en una masa blanca y cremosa y me la acercó. Mordí, y él, rápidamente, se llevó el resto de la hoja a la boca y la devoró. Luego repasó mi barbilla con el índice.

–Una gota de labné –explicó, chupándose el dedo–. ¿Por qué desperdiciarlo?

Su roja lengua parecía la de un lagarto.

–Excelsos documentos, ¿no te parece? –por fin se refirió a sus papeles–. Humm. Décadas de esfuerzo, Malcolm, dé-ca-das. Y eso que perdí el tiempo escribiendo para periódicos, sin ser periodista, gracias al cielo, obligado a postergar mis investigaciones por culpa de la actualidad. ¡Corresponsales! ¡Por Astarté! Hombres de acción, no de cocción lenta. Lo cual comprendo, sin lugar a dudas. Yo mismo tuve que hacerlo, cuando la terrible guerra se abatió sobre este país, años y años trabajando en algo que no me gusta, en condiciones tremendas.

Se secó la frente con una servilleta de papel.

–Mis intereses culturales son otros, como habrás advertido –siguió, entusiasmado–. ¡Analizar, profundizar, historiar! Mas ¡qué se le va a hacer! Los periódicos siguen pidiéndome reflexiones para complementar sus informes, *dossiers* o como sea que llamen a esas tonterías que publican a diario. Cada vez que algo sucede en el complejo Levante, ¡que lo analice Nicolau! ¡Llamad a Nicolau! Gozo de un merecido prestigio, sin duda, pero tales nimiedades han robado muchas horas a otras misiones más altas y dignas de mi atención.

–Has reunido un gran archivo. Muy útil –mentí.

–¿Eso crees? –noté recelo en él.

Quizá necesitaba más entusiasmo por mi parte

–Impresionante material. Muy compacto –completé.

Sonrió. El último adjetivo no le pareció un juicio peyorativo, al contrario. Alzó su copa:

–¡Por nuestra fructífera asociación! ¡Por tu estancia en Beirut, la ciudad más renacentista del mundo!

Lo observé con extrañeza.

–¡Renacentista, sí! ¡Porque renace, renace una y otra vez de sus cenizas! Pronto te acostumbrarás a mis ingeniosos juegos de palabras.

Saboreó su trago y añadió:

–No vayas a pensar que ir al restaurante es una costumbre para mí. Yo como siempre en casa, no sólo porque me gusta, sino porque Beirut se ha puesto por las nubes, pero... ¡Un día es un día, diantres!

Sacó su lengüecilla de lagarto y restañó la huella carmesí que el vino de Kefraya había dejado en sus labios de bebé.

Inesperado Gastón Nicolau. Lo quise como a un padre –un padre excéntrico, culto y, hasta cierto punto, ridículo– desde el primer momento, algo que Puig Vidal no había logrado en toda mi vida, y eso influyó también en mis mentiras acerca de sus memorias, y del interés que despertaban en mí sus archivos. Mentí para mi provecho y también para devolverle el favor de su compañía. Por desgracia, mi entusiasmo dio alas a otro tipo de sentimientos.

Me costó poco tiempo descubrir las razones del generoso despliegue de encanto y sabiduría con que mi anfitrión me obsequió en todo momento, y digo bien, en todo momento: se había enamorado de mí. No hice nada para que ello ocurriera. Tampoco para impedirlo. Lo quería como a un padre, insisto, algo nuevo para mí, un afecto que, a la larga, resultó tan inconsistente como el Malcolm que yo pretendía ser y la vida que esperaba llevar en Beirut.

Debo decir que, durante el breve lapso que precedió a la tormenta, Gastón fue feliz, esperando tal vez que mi inclinación seudofilial desembocara en favores más tangibles. Lo defraudé y, aunque no me siento culpable –no en este aspecto, al menos–, hoy sé que las ilusiones de quienes aman son artefactos demasiado peligrosos para confiarlos a principiantes.

Porque si sólo somos responsables del bien o el mal que expresamente causamos, y que suele abarcar –me parece– muy poco espacio en el completo arco de una vida, ¿a quién reclamarán las víctimas de la pasividad que intoxicó sus sueños? ¿Debe pagar el sediento por haber creído ver agua al mirarse al espejo? Su desamparo emocional, ¿no merece un trato cuidadoso? ¿No deberíamos preservar, como una especie rara, a los viejos que todavía aman, arriesgándose al escándalo y a los prejuicios a cambio de sentir y, sintiendo, sentir que antes sintieron?

Mi condición de animal encelado se hizo menos penosa gracias a la compañía de Gastón. Mi añoranza de Valeria ya sólo alcanzaba fases agudas en contadas aunque lacerantes ocasiones. Entonces su poder sobre mí reaparecía, intacto, zarandeándome. Algunas puestas de sol, contempladas desde la galería, me recordaban lo cerca que estuve de su cuerpo, aquel primer anochecer de setiembre. A veces, la fantasmal cabeza de mármol del efebo, con su mirada ciega, me devolvía el recuerdo de su voz y su perfume.

Esperaba. Tenía que esperar.

Mientras tanto, la cómoda relación de camaradería que compartía con Gastón me permitía resistir los embates de mi deseo. En «Villa Encore» no había sitio para la confusión femenina que yo había conocido, que me mantuvo en vilo mientras vivió mi madre. Eloïse conocía sus obligaciones y, en todo caso, sus frecuentes e incruentas discusiones con *monsieur* –que se iniciaban con un balbuceante tanteo de sopranos y seguían como *cavaletta* briosa para concluir con gran dúo de ofendidas *prime donne*– tenían como escenario la cocina y su estancia adyacente, el cuarto de planchar. Su sonido llegaba muy amortiguado al resto de la casa. Sólo en una oportunidad Gastón salió de la cocina dando un monumental portazo, mientras la mujer se desgañitaba, emitiendo una gutural letanía en la que me pareció distinguir el nombre de Valeria.

«Villa Encore» y sus ritos diarios me pertenecían. Gastón era gentil conmigo. No me juzgaba ni se burlaba de mis intentos de aparentar mundanidad; no era competitivo, no me ponía a prueba. Yo asumía mi papel de discípulo y él se sentía a sus anchas representando al maestro.

Esos días, después del desayuno –Habib lo preparaba y servía, porque Eloïse no llegaba hasta media mañana–, Gastón se reunía en su despacho con su «administrador de bienes raíces». Selim era un hombre de unos cuarenta y tantos años, de pelo esculpido a navaja y enlacado, en quien creí advertir una escurridiza mirada árabe –yo era un occidental cargado de prejuicios–, y cuyos recursos tan útiles me resultaron más adelante, cuando se produjo el desenlace... Selim formaba parte de «Villa Encore» y de su historia.

Según Habib, los «bienes raíces» de Nicolau consistían en una serie de pisos adquiridos durante uno de los más graves períodos de la guerra, aprovechando la bancarrota del sector inmobiliario y sirviéndose de Selim como testaferro. Ahora el gobierno pretendía ponerlo al día a precios de mercado, situando el listón a la absurda altura de la recuperada fábula del Montecarlo de Oriente que la ciudad pretendía volver a ser. La indignación que inflamaba a Gastón por tal audacia –se había topado con la noticia a su regreso de Omán– sólo se veía mitigada por las visitas cotidianas de su indispensable administrador.

«No hay nada que él no sepa sobre, ejem, sobornos», murmuraba Nicolau, frotando el pulgar contra el índice como un cambista de Hamra.

Mientras Selim y Gastón ideaban estrategias para enfrentarse a los temibles funcionarios locales, yo salía a correr por la Corniche. Era el único ejercicio físico que me permitía durante la jornada, antes de enclaustrarme en el segundo piso para reanudar mi anodino trabajo. Solía descender a paso ligero por la calle Phoenicia hasta Minet el-Hosn, aspirando sin remilgos el olor a salitre y gasóleo que ya me había asaltado a mi llegada. Desde allí echaba a correr en dirección a Raouché, parando a intervalos para contemplar a los pescadores que, a esa hora, todavía templaban sus cañas o escogían los cebos. Los dos peñascos de la Grotte aux Pigeons marcaban la entrada al áureo hemiciclo del Mediterráneo, que se extendía de un extremo a otro del horizonte, neutro como el vacío de mi cabeza.

Otras mañanas la herida de mi vientre me inducía a detenerme a la altura del Luna Park. Dejaba la Corniche a mis espaldas y me adentraba, temeroso, en la ciudad inexplorada. Caminaba por sus calles en cuesta, bajo los árboles repletos de flores blancas y rojas. Calles con nombres de emiratos –Bahrein, Kuwait–, por las que me arrastraba como un perro en celo hasta las cercanías del hotel Commodore, en la calle Baalbek, para merodear en torno al apartamento de Valeria, olfateando rastros de su perfume en el aire.

Sabía de su calle por Eloïse, y también conocía su número de teléfono, aunque no me atreví a marcarlo. Antes había buscado en la agenda de casa, colgada en una pared de la cocina, pero allí sólo figuraba su antiguo domicilio, en Hadath, cerca de la embajada. Lo que distinguía la de Valeria del resto de las señas que figuraban en el directorio era que había sido tachada con una línea roja, una línea firme aunque no lo bastante gruesa para impedirme leer lo escrito debajo. En el margen, junto a su nombre, figuraba una cruz. No era una cruz normal, en aspa, de las que se usan para una marca o llamada, sino una cruz de Cristo, un palo vertical atravesado por arriba, a un quinto de su altura, por una raya horizontal más corta. Era una cruz de muerte.

Conforme transcurría el tiempo y mi trabajo no avanzaba, pese a mis disimulos, empecé a introducir en la mente de Gastón Nicolau la noción de que quizá, sólo quizá, sus papeles, su «legado cultural», como él llamaba a aquel batiburrillo de escritos farragosos, no correspondía a su, también en palabras suyas, «prodigioso pasado». «Tal vez, sólo tal vez –lo animaba–, resultarían oportunas nuevas contribuciones.» ¿Había olvidado incluir otros documentos, más personales, en el lote? ¿Un diario más detallado? «Humm,

humm», era su respuesta. O bien: «Ya veremos. Tú sigue tomando apuntes, mi querido muchacho».

Era una pantomima destinada a complacerlo. Le encantaba verme escribir en mis cuadernos. Se trataba de un fingimiento más, una cortesía que lo hacía feliz y a mí me permitía ganar tiempo, simular que trabajaba seriamente en sus memorias mientras intentaba buscar una solución, tener una idea ingeniosa. Nunca pensé que Nicolau, en efecto, poseía otros documentos, mucho más interesantes que los que me había permitido leer hasta el momento.

La rutina de mis notas se repetía a diario, soporífera. Yo tenía un método de escritura rápida que había inventado para trabajar con mi madre. A Nicolau le volvía loco de gusto lanzarme peroratas con la intención de que las recogiera para incluirlas en su libro inmortal. Mi actuación al simular que tomaba notas resultaba tan convincente que alimentaba la sobreactuación del propio maestro, lo que me obligaba a convertirme en febril taquígrafo. Acababa exhausto.

A Nicolau no le gustaba dirigirse a mi pequeña grabadora portátil. «No, no quiero que luego escuches esto, a solas. Me parece poco respetable», explicaba, remilgado, ignorando que escucharlo de nuevo no entraba en mis planes. Las palabras brotaban de sus labios como globos y se desinflaban de inmediato, sin ruido, sin contenido, sin eco. No eran sus palabras lo que anotaba, sino naderías, desahogos improvisados. «Por qué no entran en el jardín los ruidos de la calle –escribí–, dónde están los pájaros, esto no avanza, finales de octubre y Valeria sigue sin aparecer, cuánto más tendré que esperarla.» A veces Gastón se detenía en pleno discurso y me hacía repetir sus últimas palabras. Acostumbrado a sincronizar representaciones –lo que digo y lo que soy, lo que veo y lo que creo, lo que sé y lo que pienso–, recitaba un par de frases y él me dejaba en paz.

También le gustaba que le hiciera preguntas destinadas a satisfacer su arrogancia: «¿Asististe al entierro de Nasser, en el 70?». Entonces Nicolau se recreaba vacuamente en sus recuerdos durante un buen rato, y yo anotaba y anotaba de forma automática mis reflexiones sobre su falta de implicación personal. «Cómo es posible que la Historia con mayúscula –escribía– se haya convertido para este hombre en una anécdota, que de aquel acontecimiento no recuerde sino lo que ya figura en las hemerotecas y en libros de entidad superior, por qué su descripción no me obliga a escuchar el llanto y a oler el sudor de la multitud, por qué no me comunica los gritos, el agobio, el calor, los desmayos, el peso de los cuerpos aplastados, macerados por la desesperación, el rabioso alarido de la orfandad árabe, quién estaba a su lado en el entierro, qué rostro se grabó en su retina.» Cosas así, escribía, y Gastón nunca lo advirtió.

Y una mañana, mirándome por encima del diario *An-Nahar*, su predilecto, mientras yo tomaba café y escribía en mi libreta, confesó:

–Tienes razón, razonable muchacho. Hay, hubo, habrá más.

Habib iba y venía del porche a la cocina, con la bandeja desbordada por mil laminerías del agrado del dueño de la casa. Gastón, a esa hora, presentaba siempre un aspecto radiante, cubierto por un caftán blanco que le confería cierta autoridad bíblica, y ensopado en loción.

Solemnemente, el maestro Nicolau declaró:

–Tal como has intuido, hay mucho más.

Aparté el cuaderno.

–Otras fuentes –dijo, adoptando un aire ladino–. Fuentes de sumo interés. Mas, ¡ay! Las he recibido in artículo mortis, me da no sé qué acudir a ellas. Son papeles de mi propiedad, absolutamente, pero... He de reflexionar. Tendríamos que ver... Se trata de documentos delicados, que atañen a otras personas. Deseo mostrártelos, tengo mucha confianza en tu criterio. Es más, estoy convencido de que, en tales registros, hallarás hálito, anécdotas y puntos de vista que enriquecerán el corpus que ya conoces, inspirándote. Aun así... Deja que lo piense durante unos días.

Apartó la servilleta de hilo con que había protegido la pechera de su impoluta túnica y se levantó de un salto. Como todas las mañanas, Selim había comparecido silenciosamente en el jardín, deslizándose hacia el interior de la casa como un ectoplasma, y Gastón lo siguió abriendo los brazos y mimando una danza oriental, lanzándole amistosos saludos en árabe, intercalados por maldiciones en castellano, dedicadas a los esbirros de la administración que lo atosigaban con sus demandas.

Barcelona, abril de 1995

El hombre que yace sobre su costado derecho, en el suelo de la habitación de un hotel barato, experimenta una agradable sensación de desfallecimiento. No le preocupa la orina, ya fría, que empapa su entrepierna y parte de los muslos ridículamente trabados, uno sobre otro. Anoche te emborrachaste con sidra, es eso, te has orinado encima y ahora te meces en un mar de manzanas. Aunque últimamente has sido capaz de trasegar cualquier whisky barato, te resulta difícil admitir que has descendido, en términos etílicos, hasta el punto de pimplarte ni siquiera un vaso de sidra. Antes sorberías la colonia con que te atusas la barba, lo has hecho más de una vez, llevarte a los labios el frasco casi jugando, como si ensayaras una representación de tu no muy lejano futuro como bebedor. La loción se encuentra ahora lejos de ti, en la mellada repisa de vidrio, debajo del espejo al que no has querido mirar para no ver quién eres.

El mareo no le impide recordar que en alguna parte de la habitación está la botella de whisky, caída, derramado su contenido. Esta noche conjugas el verbo caer en todas sus formas, compañero, y hasta tarareas para tus adentros una de tus canciones predilectas, *Pennies from heaven*, te llega en la versión alcohólica y agónica de Billie Holiday, cada vez que llueve, llueven peniques, seguramente Billie pensaba en whisky mientras cantaba peniques, una buena lluvia de whisky que limpie de sangre tu caída cabeza y te devuelva al rellano de la escalera por la que has descendido durante los últimos años. Quién sabe si éste no es más que un descansillo, una parada antes de seguir cayendo, cayendo, hasta no caer más.

Es el final, el hombre lo sabe, gracias a su oficio ha aprendido a distinguir un final de una tregua. Los finales son exquisitamente raros, difíciles de obtener, aun cuando los periódicos les dedican titulares a cinco columnas, pronto se produce la nueva ruptura de hostilidades, adoras también esta frase hecha, ríes al imaginar a las hostilidades puestas en pie y dedicadas a romperse mutuamente sus jetas hostiles.

No te enfrentas, pues, a un alto más entre dos tramos de borracheras, sino a un final en serio. En Bosnia dejaste atrás el último peldaño. «Dejar atrás», otro gran lema para tu epitafio, condensa con sencillez y sin adornos la acción que debe presidir toda huida, y enmascara tu pasividad con más eficacia que «Do not disturb».

Whisky from heaven, tarareas en silencio, vuelve a la bruma, compañero, por suerte no te puedes ver en esta tu última postura. Ni siquiera varias vidas atrás, ¿fue en el 87?, mientras permaneciste en aquella especie de zulo, ni siquiera cuando te obligaban a defecar delante de uno de tus dos guardianes, te sentiste reducido a la presente condición de impotencia. El último día de tu encierro, cuando el tipo que te vigilaba con más asiduidad se arrancó el pasamontañas, supiste que la habías cagado en un sentido más amplio y definitivo. *Entendiste*. Y la vergüenza se añadió al terror que habías sentido hasta aquel momento. La vergüenza barrió el terror y habitó para siempre en los agitados pasadizos de tu conciencia.

Recuerda el hombre yacente las semanas de encierro, los estudiados monólogos interiores que le sirvieron para mantener la calma y un punto fijo en su cerebro, un asidero, un proyecto. El propósito de convertir aquella experiencia, si salía vivo, en la mejor y más atrayente historia de su carrera profesional y quizá también de su recorrido personal, alternando la experiencia de aquellos días infames con otras no menos descarnadas páginas de la historia que le había tocado presenciar y, ah, un poco de introspección, compañero, las canalladas propias, servidas con algo de llanto y atrición... Tal fue el clavo ardiente que le permitió no desmoronarse durante la oscuridad del secuestro, puñal de doble filo que le desgarró el alma cuando su guardián dio la cara y el hombre hoy yacente comprendió que, en el futuro, su única salida consistiría en continuar con el engaño. Aumentarlo hasta perfeccionar la patraña. Y vivir con eso.

Ya en aquella oscuridad se adentraron los lodos que anegan tu alma, tu espíritu o como se llame el veneno que pronto saldrá por tu boca, el último suspiro, expirar, lo llaman, y ahora sí, hoy te librarás de la carcoma. Porque cuando el tipo se arrancó el pasamontañas y le viste la cara, entendiste por qué estabas allí. Comprendiste que no te iban a matar y que, pese a todo, deberías seguir adelante con la exclusiva de tu vida. Ahí fue donde empezó tu caída, *every time it rains it's shit raining from heaven.*

Esboza una sonrisa o mueca, el hombre ignora si se refleja o no en su, en otro tiempo, bien parecido semblante. Anticipa el tono que sus colegas usarán para redactar las pertinentes notas de despedida. Siempre comparecen, a la hora de escribir el elogio fúnebre, los antiguos compañeros de copas, los filibusteros del oficio, los monjes de redacción, hozarán en los despojos de su biografía, el trance de enterrar a un colega los vuelve afectuosos, en realidad escriben para su propio cadáver, cualesquiera que sean los méritos del occiso los asumen como suyos, y se adueñan también de las afrentas recibidas por el muerto, las decepciones, los despidos. Lloriquean por su muerte, envidian secretamente la rebeldía que le adjudican al difunto por haber sido descubierto al final de la caída y no, imagínate, hecho un fiambre en un sofá del salón, en el chalé con piscina de la urbanización y con un mando a distancia en la mano.

Sonríe, lo exprese o no su antaño bien parecido rostro. Famoso corresponsal de guerra que ejerció su profesión durante los años ochenta, tralará, procedía de una escuela de reporteros de los que ya no quedan, capaz de todos los excesos y siempre dispuesto a improvisar una crónica de las que ya no se escriben, tralará, era un francés cuyos reportajes y análisis competían con la sobriedad y el rigor de los maestros anglosajones del oficio, tralará, como europeo aportaba compasión, lo cual lo llevó a comprender como nadie, tralará, el laberinto de Oriente Próximo. Secuestrado en Beirut en 1987 por milicianos pertenecientes a una de las muchas facciones en guerra, tralará, permaneció más de un mes en paradero desconocido hasta que fue liberado, sano y salvo, tralará, tralará, tralará, experiencia que le sirvió para escribir un libro de relativo éxito, y desde entonces cultivó el periodismo *freelancer*, tralará, cubriendo diversos conflictos, preparaba un nuevo libro, tralará, tralará, su última misión como reportero le condujo a Bosnia, en donde resultó víctima de graves fracturas, tralará, tralará, y debió ser evacuado por las fuerzas españolas adscritas a la zona, desde donde, tralará, envió sus últimas y preciosas crónicas que nadie ha leído y nadie publicará porque no llegó a escribirlas, tralará, estaba demasiado curda para ver más allá de sus narices.

Mentiras acerca de tu vida y de tu último viaje, la piedad ajena ocultará que caíste junto con tu petaca. Pasarás, como pasaste antes, por una víctima más de este cruel mundo en guerra. Ningún periodista desaprovecha la ocasión de darse bombo al redactar la necrológica de un colega.

Alguno de tus antiguos compañeros de juerga, un golfo redimido, un dipsómano o un cocainómano, o ambas cosas a la vez, rehabilitado o ilusionado aún con la idea de la rehabilitación, se atreverá a contar que te despidieron de la agencia en la que te iniciaste como chico de teletipos cuando tenías poco más de veinte años, agencia de alcance mundial a la que tanta gloria diste y que tanto hizo por ti, y a la que pagaste convirtiéndote en su mejor enviado especial a las clínicas de desintoxicación del Valle del Ródano, el campo te sentará bien, decían, y pronto batiste cualquier récord establecido, en campo y en ciudad, de salto por ventana y fuga.

Tal vez se atrevan a narrar lo que ocurrió, si alguien se

molestó en averiguar que la tumba empezó a abrirse para ti cuando escribiste, sin que tu pulso temblara, la nota autobiográfica que se publicó en la solapa de tu libro.

No serás tú quien lo narre, no existes ni siquiera como corresponsal con sede permanente en tu guerra interna, actualmente te hallas en destacada posición, como siempre, tendido sobre el costado derecho. Desde tu puesto privilegiado ofrecerías una amplia panorámica de los acontecimientos que condujeron a esta crisis. Rápido, necesito dictar, los teletipos se atoraron, el sistema sufre un fatal desmayo, se jodió el disco duro y el software se esfumó, avisen a una mecanógrafa.

Transmite, hazlo ya, desde tu excepcional ubicación yacente, la noticia de que este periodista muere y recuerda, no necesariamente por este orden.

¿Nadie se preguntará lo único sustancial? ¿Qué hacías o esperabas hacer, en Barcelona, cuando te sorprendió tu verdadera muerte?

Si el informador llega a tiempo y encuentra algo vivo en ti, no dudarás en proteger el derecho a tu sagrada intimidad, respondiendo con virtuosas fórmulas de uso común en el negocio: «Sin comentarios». «No tengo nada que decir por el momento.» «Lo siento. No puedo dar esa información.»

«Asunto personal.»

No lo fue. Pudo llegar a serlo. No lo es.

BEIRUT, FEBRERO DE 2003

«Adormecido en el regazo de la serpiente –dijo Valeria, la noche de nuestro segundo encuentro–. No te lo reprocho. Si se lo propone, Gastón Nicolau puede resultar muy encantador.» Su mirada de ónice brillaba por el kohl y por el efecto irritante del humo de su narguile, y quizá también a causa de mí.

Valeria imaginada. Aun hoy, cuando deje mi apartamento y cruce la calle Baalbek y entre en el portal que, en otros días, aceché como un paria. Aun hoy, cuando irrumpa en su intimidad y la sorprenda tal como es, charlando con Eloïse u ordenando por última vez los libros con los que me ha enseñado cuanto conozco de la lengua árabe. Aun hoy, al abrazarla, y más tarde lo haré, la mujer real convivirá con el mito que forjé a su costa, inspirado por sus primeras intervenciones misteriosas, sus palabras y sus silencios. Mis sentimientos todavía se nutren del aroma de su perfume y de los secretos que compartimos.

Eligió, para nuestra cita, un hotel de la costa sur de Beirut. Entre los papeles que Nicolau puso más tarde a mi disposición, los que no le pertenecían, encontré una breve descripción: *«El sueño de los ricos, un hotel concebido como una fortaleza, construido para perdurar durante la guerra»*. Aquella noche yo apenas me fijé. Pudo ser un antro o un palacio. Sólo Valeria importaba. «Señora, primer paso. Felicidades», había anunciado Habib, indicando el sitio y la hora, y añadiendo una mueca que tomé por un gesto de complicidad. Los hombres somos previsibles, aquí y en cualquier parte, recuerdo que pensé.

¿Era yo previsible, no sólo para Valeria, sino para mí mismo?, me pregunté. ¿Quería un primer paso que preludiara algo más que un simple primer paso, por ejemplo, un paso a dos que aplacara la hambruna de mi carne? ¿O una pasión exótica, para redimirme de la mediocridad? No había obtenido gran cosa del amor, hasta entonces. Al contrario que mis compañeros de estudios y que algún amigo superficial, detestaba los encuentros fugaces. No sabía y, lo que es peor, no quería disociar el sexo del amor. Era un temerario.

Y allí estaba. El último sentimental de Occidente, a punto de atravesar una terraza de hotel bien surtida de palmeras, música orquestal y susurros marinos. Caminé hacia la mujer, inmerso en mi alucinación intransferible. Era también una noche estrellada. Con toda seguridad, aunque no lo recuerdo.

La mujer vivida de mi vida había ocupado una mesa cercana al mar. No me ofreció su rostro, eso me gustó. No eran sus besos de salutación lo que yo pretendía poseer.

Estaba sentada a la manera de un hombre: con las piernas abiertas bajo la falda negra, larga y suelta, ligera. La tela moldeaba los volúmenes de sus muslos separados y se hundía suavemente en el fondeadero de sus ingles. Sus pies, calzados con cándidas sandalias, descansaban en el suelo de mármol rosado, apoyados en los talones, formando una uve. Con la mano derecha sujetaba la embocadura de un narguile.

–Espero que te guste el sitio. Ahora está en decadencia pero, en su momento, uno de los dos gobiernos de que disfrutamos durante la guerra se instaló aquí.

Me senté a su izquierda. Dos botones desabrochados de su blusa negra dejaban al descubierto un triángulo de piel tostada. Una caracola de plata, prendida de una larga cadena, oscilaba y se escurría entre sus pechos alimonados, que la seda de la blusa oprimía y soltaba, oprimía y soltaba cada vez que Valeria giraba el torso hacia mí, inclinándose para subrayar un comentario.

Porque habló y habló y continuó hablando durante largo rato, parloteó más bien, contándome peculiaridades del hotel o de la ciudad que no me interesaban.

Hasta que dijo:

–Lástima que hoy no tengamos una luna llena como la que te recibió a tu llegada a Beirut.

Se acordaba. Ella también se acordaba.

Apartó de sus labios la pipa del narguile. «Esto ya no tira.» Llamó al camarero con un ademán que me fascinó: alzó la mano, la palma hacia arriba, y movió los dedos, del meñique al pulgar, como si cerrara un abanico, hasta formar un puño en el que apoyó la barbilla.

Fue entonces cuando comentó, desconcertándome:

–Adormecido en el regazo de la serpiente. No te lo reprocho. Si se lo propone, Gastón Nicolau puede resultar muy encantador. –Y, tras una pausa–: Nicolau me ha robado algo que aprecio mucho. Se trata de una carta. He pensado en ti para que la recuperes. Tienes su confianza, te mueves por su casa. Puedes hacerlo.

De repente, nuestro encuentro perdió toda connotación romántica. Gastón, ¿un ladrón de cartas? Vino a mi mente la astucia que afinaba el semblante de Nicolau durante sus charlas con Selim acerca de dinero, su júbilo al celebrar trampas y enredos que le resultaban favorables, su excitación al solicitar detalles íntimos, incluso sórdidos, de los burócratas caídos en la red de sus sobornos.

¿Qué clase de carta? ¿Era eso todo lo que quería de mí, convertirme en su recadero? Deseé ponerme en pie, despedirme pulidamente, devolverle su hiriente «hasta la vista». Desaparecer, salir de allí, dejar también Beirut, abochornado por la fragilidad de mis castillos de arena, por mi presunción. Pero Valeria continuó hablando, deprisa, como si se hubiera dado cuenta de mi reacción y deseara detenerla con su relato. Puso su mano izquierda en mi rodilla.

–Gastón no es el hombre que aparenta ser. Y yo no he sido la única víctima de sus pillajes. Durante la guerra, Nicolau mandaba a sus sirvientes para que rematasen el trabajo realizado por bombas y misiles. Los hacía registrar edificios destruidos, entrar en los hogares deshechos y apoderarse de cuanto pudieran. Eloïse y Habib me lo contaron.

–¿Desvalijaba las casas? –pregunté, escandalizado–. Las antigüedades de «Villa Encore»...

–No, Malcolm. Gastón robaba almas. Las almas de los muertos. Documentos, papeles, diarios, retratos. Memoria.

Así fue como se hizo con la carta de Michel Bertrand, el hombre a quien yo amaba.

Con el tiempo he aprendido, por muchas razones, a compartir a Valeria con Michel. Pero la noche en que él y yo fuimos –por así decirlo– oficialmente presentados, sólo pensé en vencerlo. Borrar su nombre. Me puse en guardia contra él, contra su recuerdo. Existía alguien a quien derrotar, alguien con quien medirme. Eso me ató definitivamente a la silla.

Valeria continuó hablando:

–Carlos y yo solíamos dar fiestas en nuestra casa de Beirut Este, para el personal de la embajada y sus cónyuges. Mi marido se ponía contento en esas ocasiones, le gustaba presumir de esposa sociable. Solíamos invitar a periodistas españoles, fijos o de paso en la zona. Uno de ellos trajo a Michel Bertrand, que acababa de instalarse en Beirut Oeste. Era reportero de guerra. Hasta entonces había cubierto el conflicto libanés yendo y viniendo desde la central de París, alternándolo con viajes a América Latina.

Dobló las piernas, puso los pies en el asiento y se abrazó a sus rodillas. Parecía más pequeña. Reducida a lo esencial. Me miró sin verme, tan atrás tenía puestos los ojos.

–Días después de la fiesta, Michel nos invitó a una recepción en su apartamento –siguió–. Al estilo Beirut Oeste, dijo. Cruzaríamos a pie, antes de anochecer, el paso de la muerte que dividía la ciudad. Él nos estaría esperando. Una vez en su casa, anunció, beberíamos, comeríamos y haríamos cuanto aconsejaran las impredecibles circunstancias locales. Iba a ser una fiesta salvaje, según él, y no regresaríamos al Este hasta la mañana siguiente. No logró reunirnos. Nadie en mi círculo se atrevió a cruzar la línea de demarcación por una simple fiesta. Nadie, excepto yo, que me había enamorado de Michel. Después de sostener conmigo una civilizada discusión acerca de mi seguridad, Carlos me acompañó en un coche oficial hasta el arruinado edificio neofaraónico del museo, junto al último control cristiano. Nos dimos el beso final. Ambos sabíamos que el paso de la muerte señalaba nuestra separación con más solemnidad que un papel de divorcio. Eché a correr, huyendo de francotiradores escondidos, sintiéndome como los demás, los beirutíes de uno y otro lado. Corrí entre amas de casa, colegiales, oficinistas y obreros. Por primera vez, compartía su destino. Michel Bertrand me esperaba al otro lado, en un coche conducido por Habib.

–¿Nuestro Habib?

Asintió distraídamente:

–Sí... Era chófer de guerra. Me abracé a Michel y al Beirut auténtico, a sus ruidos, su energía, su angustia y su tragedia, su exuberancia, su gente. La libertad siempre tuvo para mí olor a pólvora y a menta, el olor de los balcones y azoteas, de las casas derruidas. Nunca me he sentido más real ni más libre que la tarde en que volé al encuentro de Michel y de la vida.

Aun hoy, cuando me acerque a ella y la abrace, veré a Valeria corriendo hacia Bertrand.

–Y él, ¿se enamoró de ti? ¿Tuvisteis una historia?

–Me quiso, de eso estoy segura. Todo lo que podía querer. Dentro de él había penas sin rumbo, como cristales que un día u otro lo despedazarían. Las personas que no se aman ni se aceptan actúan de forma muy extraña. Nuestra historia, como tú la llamas, duró más de un año, pero desde el principio entendí que era él quien impondría las reglas. Había un nivel al que yo no podría acceder. Una vez salvada de mi destino de esposa de diplomático, pasé a ser una amante ocasional y una amiga incondicional. No me quejo. Me sacó de la mierda.

–Y luego te dejó caer –acoté, entre malévolo e ilusionado.

–No, Malcolm. Él no hacía eso. Se responsabilizaba de la gente a la que prestaba su ayuda. Los chicos de la unidad de salvamento lo adoraban: iba con ellos a recuperar cadáveres. Algunas de sus cualidades fueron muy útiles, preservaron vidas. Percibía la histeria antes de que se produjera el estallido, terciaba en las disputas, se ponía en peligro ante milicianos exasperados que pretendían vengarse en un civil. Salvó a muchos, gracias a su instinto. Era el amor lo que no se le daba bien. Sus emociones estaban en otra parte. Se mantenía entretenido con su trabajo, las chicas con las que salía, yo. La guerra. Pero a veces eso no le bastaba. Entonces se montaba en la moto y corría por la línea de demarcación, desafiando a los francotiradores. Era su ruleta rusa, algo que, por otra parte –me refiero a la ruleta rusa con pistola–, se convirtió en un deporte común en la Beirut de la guerra y de la posguerra inmediata. Una noche lo acompañé. Hice por él cuanto pude. Compartí sus insomnios. Era un buen bebedor, no un alcohólico, ni siquiera un borracho; eso vino mucho más tarde, después del secuestro.

–¿Le secuestraron?

–Sí, como a muchos otros. Fue en 1987, a finales de

mayo. Aquel año, la guerrilla pro iraní había reanudado sus abducciones de rehenes extranjeros. Periodistas, diplomáticos, empleados, profesores... Cayeron muchos. Michel no tomaba precauciones. Era moreno, llevaba barba, hablaba suficiente árabe y se movía en moto por los peores barrios, sin problemas. Pero lo cogieron al salir de su casa y lo tuvieron durante cinco semanas en un agujero, seguramente cerca de aquí, en uno de los suburbios del sur de la ciudad. Lo soltaron en la playa y se las arregló para presentarse a pedir ayuda en este mismo hotel. Se lo llevaron a París, donde poco después publicó un libro sobre su cautiverio. Y luego se perdió. Nunca regresó a Beirut, era demasiado arriesgado.

–Salió vivo, al menos –comenté–. Ese libro que escribió, ¿me lo prestarás?

Vaciló medio segundo antes de responder:

–No lo tengo, lo perdí.

–No me cuadra. ¿Quieres recuperar su carta, y no tienes el libro que escribió sobre su secuestro?

–Se lo presté a alguien, Malcolm, no recuerdo a quién, seguramente no me lo devolvió. Estas cosas pasan... Pero la carta...

–Tiene que ser muy importante para ti.

–Michel la escribió en el avión que lo condujo a Damasco, tras su puesta en libertad. Una escala obligada, antes de regresar a Francia. Había que sacarlo deprisa, y el gobierno sirio necesitaba dar una de sus ruedas de prensa de propaganda, para desmarcarse de los iraníes.

»Fuad, un periodista egipcio que trabajaba en la misma agencia, lo acompañó a Damasco. Durante el trayecto, Michel le dio instrucciones para que cancelara el contrato de su apartamento y liquidara sus asuntos. Le encargó que metiera en cajas todos sus papeles y que los guardara en el almacén de la agencia, hasta nuevo aviso. También escribió la carta. Fuad se la guardó en el bolsillo. Cuando volvió a Beirut, la dejó encima de su mesa. Al día siguiente ya no estaba.

–¿Cómo sabes quién la robó?

–Tu Gastón había pasado por allí, interesándose por el destino del apartamento del periodista recién liberado. Quería comprarlo. Nuestra serpiente ha invertido sus ahorros en bienes inmuebles.

–¿Qué fue de los papeles de Bertrand?

Valeria abrió los brazos, desperezándose distraídamente.

–¿Sus papeles? No lo sé. Ni me importa. Archivos de periodista, supongo. Fuad se los expidió, imagino, a París o dondequiera que estuviera viviendo. No se lo pregunté.

–¿Es todo lo que quieres de mí? ¿Que sea tu espía, tu mensajero? ¿Para eso montaste la comedia de tu recepción en «Villa Encore»? ¿Por qué lo hiciste? Habría bastado con que Habib nos presentara.

Sonrió.

–No te enfades. Quería saber la clase de muchacho que eras. Y causarte impresión, no lo niego. Nicolau suele hacer estragos en los chicos inexpertos. Pero tú... Bien, deduje que no caerías del todo en sus garras.

–¿Te dio Habib las llaves de «Villa Encore»?

–No hizo falta. En Hamra, durante la guerra, brotaron cerrajeros como hongos. Los amigos nos pasábamos las copias de nuestras casas, por si teníamos que refugiarnos súbitamente en otra. Quedan duplicados de muchas llaves sueltos por ahí. Un tipo menos avaro que Nicolau habría tomado la precaución de cambiar los cerrojos.

–Habib te trató como si fueras la dueña. Es más, incluso sospeché que estabas liada con Gastón. Tuve celos de él –confesé.

–¿Liada? ¿Con Nicolau? –Se echó a reír. Más seria–: Yo no lo llamaría un enredo, sino un lazo. La traición crea ataduras más duraderas que el amor, Malcolm. Algún día lo sabrás. El viejo nunca escapará de mí.

–¿Qué clase de traición?

–Eso te lo contaré en casa. Tenemos que irnos. Han cerrado el bar, y nos hemos quedado solos.

–Espera... ¿Qué fue de Michel Bertrand?

–Murió hace tres años. Por ahí, en Europa, de una mala lesión. Un sarcasmo, porque en Beirut, como periodista, sobrevivió a trances peores.

Celos de un muerto. El nombre de mi mal.

Una correspondencia particular

De: *Gastón Nicolau {alibey.222@netmail.com}*
Jueves, 29 de octubre de 1998. 22.12 horas
Para: *jpuigvidal@edinuria.es*

Borrador 1 (eliminado)

Mi querido Pepe:

Éste es un mensaje completamente confidencial.

Como no ignoras (hemos tenido ocasión de hablar frecuentemente de ello por teléfono), el trabajo que tu ahijado está realizando con la documentación que he puesto a su alcance ha resultado magnífico, lo que a ti y a mí, conocedores de cuán veleidosas son las metas de la juventud actual, nos llena de orgullo. Ahora bien, su minuciosidad, precisamente, es lo que me preocupa, pues ha llegado a un punto en su labor en que no le basta con lo que tiene. Sé que sonreirás, conociendo mi tendencia a lo prolijo y mi fama de ardilla recolectora de cuanto pueda enriquecer mi patrimonio, como testigo de mi tiempo que soy. Entiendo que el exigente Malcolm, estimulado por la miel intelectual que le destilo, precise ampliar sus lecturas de antaño para construir la sólida peana desde la que arrancará mi rememoración. Y no voy a defraudarlo, aunque para ello deba someter a su criterio documentos que, stricto sensu, no me pertenecen, y que mi afán de coleccionista compulsivo me ha empujado a atesorar. Y aquí es donde quiero pedirte, exigirte la más rigurosa observancia de tu deber de confidencialidad, como amigo y editor. ¡Oblígale a callar!

¡Bien es verdad que nada debería permanecer vedado a la curiosidad del sabio, a la feliz rapiña del historiador comprometido con el devenir! Querido Pepe, confieso que, a lo largo de todos estos años, he adquirido la costumbre de hacerme (me resisto a usar la palabra funesta, robo; como mucho, sería apropiación indebida) con cuantos archivos he considerado dignos de mi interés, para entender mejor esta parte de mundo y a los seres humanos que la pueblan, así como de sus aconteceres.

De: *Gastón Nicolau {alibey.222@netmail.com}*
Viernes, 30 de octubre de 1998. 00.45 horas
Para: *jpuigvidal@edinuria.es*

Borrador 2 (eliminado)

Mi querido Pepe:

Júrame, por lo más sagrado, júrame por tu honor de editor y caballero, así como por tu lealtad de amigo, que harás cuanto esté en tu mano para que nuestro joven Malcolm guarde la más absoluta discreción respecto a una labor que me propongo encomendarle.

Verás, a lo largo de mi atareada vida he ido reuniendo una meritoria colección de documentos que, si bien técnicamente no me pertenecen, puedo afirmar, desde el punto de vista del historiador y estudioso que soy, que no podrían haber caído en mejores manos. Tranquilízate, no me refiero a tesoros museísticos ni escrituras cuya posesión pudiera ocasionarnos enfrentamientos con un gobierno demasiado picajoso en lo que concierne a su patrimonio artístico.

Mi colección, para mí enormemente valiosa, es para el resto de los mortales una insignificancia. De ahí que haya osado conservarla. Te lo digo sin tapujos. Se trata de documentos personales que la gente ha ido perdiendo por ahí o que yo, sabiéndolos descuidados y destinados al cubo de la basura, me he apresurado a conseguir, con la esperanza de brindarles un destino mejor. Las gentes que no pertenecen al mundo sublime de la investigación histórica no tienen la menor idea, querido Pepe, del valor de su propio patrimonio inclasificable, por así decirlo; algo más que muebles, cuadros, lámparas. ¡Papeles! ¡Recuerdos! ¡Experiencias!

Bien. Con vistas a describir algún día los ambientes y acontecimientos de esta parte del mundo, así como a los seres humanos que la pueblan, tengo escondidos en casa archivos que nos vendrán al pelo para mis proyectadas memorias...

De: *Gastón Nicolau {alibey.222@netmail.com}*
Viernes, 30 de octubre de 1998. 04.12 horas
Para: *jpuigvidal@edinuria.es*

Mi querido Pepe:

¿Te interesa que enriquezca mis memorias con materiales que he acumulado –mediante procedimientos poco ortodoxos y sólo para servir a la santa erudición– a lo largo de mi vasta experiencia vital por estos lares? ¿Puedo confiar en la estricta discreción de nuestro joven Malcolm? No me gustaría que corriera la voz, por Beirut, de que meto las narices en asuntos ajenos, ni de que utilizo la experiencia de otros para mejorar mi propia obra. Como tú bien sabes, no se trata de eso, sino de mi interés, casi de entomólogo, por los habitantes de esta ciudad.

Espero que le exijas al chico que guarde silencio. De paso, no estaría de más que le recomendaras un poco de moderación. Salió anoche sin darme explicaciones, supuse que a dar un paseo, y todavía anda por ahí, a saber en qué compañías, para mi desvelo. Es muy joven y comprendo su deseo de esparcimientos cuya urgencia, por fortuna, ya no hace de nosotros esclavos. Mas, ¡por Astarté!, Beirut no es ciudad para que un chico de sus prendas circule como una cabra loca. Y lo necesito, temprano y despejado, para llevar a cabo la tarea que tú (su responsable padrino), y no yo (un atareado estudioso), le has asignado.

Voy a usar mis influencias para que a Malcolm le instalen una línea telefónica directa en su estudio, por la que pueda conectarse a Internet, un servicio que empieza a propagarse por la ciudad y al que, de momento, entre los particulares, sólo tenemos acceso algunos privilegiados. Tu ahijado tendrá en casa cuanto habrá de menester para su solaz.

Abrazos de tu mejor amigo en el inescrutable Levante.

GASTÓN

P. D. Me dicen en mi banco que aún no han recibido tu transferencia.

De: *Gastón Nicolau {alibey.222@netmail.com}*
Viernes, 30 de octubre de 1998. 04.30 horas
Para: *jpuigvidal@edinuria.es*

Mi querido Pepe:

¡Milagros de los nuevos hados de las comunicaciones! Gracias a ellos y a nuestra pequeña diferencia horaria (providenciales, ambas intervenciones), he recibido tu rauda respuesta de forma casi inmediata. Y además, ¡por Astarté!, la escribes nada menos que de vuelta del Liceo, en donde has asistido a una excelente representación de *Semíramis*, según me cuentas, seguida por ese magnífico *ressopó* (extraordinario vocablo catalán para denominar el tardío y necesario homenaje a la gula con que debe culminarse toda gala operística que se precie). Te imagino ataviado de etiqueta (porque habrás ido vestido como mandan los cánones, ¿no?), con bufanda de seda blanca y, ¿por qué no?, los restos de un habano entre los dedos.

Gracias por tus garantías. No, no dudo de él y mucho menos de ti. Te prometo entregarle hasta el más insignificante de mis hallazgos. No te enfades conmigo. Tu veloz confirmación es la guinda que corona esta magnífica tarta.

Soy capaz de esperarlo despierto. A lo mejor necesita ayuda, descarriado en esta ciudad lasciva.

Tu agradecido GASTÓN

Beirut, febrero de 2003

No he vuelto a «Villa Encore» desde que mis dos mitades –el astuto joven que fingió trabajar para Gastón y el no menos sagaz enamorado que aparentó obedecer a Valeria– se desmoronaron y quedaron atrás, odres vacíos pisoteados por el hombre en quien me convertí.

Descubrimientos. Desgarraduras. El precio de mi madurez. Hoy veo los días acelerados de mi crecimiento como una concatenación de crisis aplazadas.

El final sobrevino inevitablemente. Gravita todavía en mi memoria, y el pesar resultante me acompañará el resto de mi vida.

No es el dolor lo que me impide regresar a «Villa Encore», sino la culpa, y no lo hago para evitarme perniciosos recuerdos, sino porque así me someto al castigo de mi imaginación, menos compasiva que la visión de los despojos del tiempo. Me han dicho que la vieja mansión se desmorona y que, junto a la cancela, un cartel anuncia la construcción de una sucursal bancaria. Lo que permanece de «Villa Encore» ha sido devorado por su codicioso jardín, del que mi noble ficus –me lo contó mi amigo Émile, el librero– todavía intenta escapar. «Habría que iniciar una campaña para conservar el pobre árbol –añadió Émile, para responderse a sí mismo, con su acostumbrado cinismo beirutí–: Pero ¿quién osaría hacerlo, en una ciudad que no respeta ni a sus habitantes, cuando se trata de especular con el terreno? La acera echará en falta su ramaje. Mientras quede acera.»

En «Villa Encore» se consumó mi deslealtad. ¿Qué otra cosa podía hacer? La sangre es la sangre. Había irrumpido en escena, creyéndome un actor espontáneo. E interpreté la pieza que otros escribieron.

Aquel encuentro con Valeria se prolongó hasta el umbral del día siguiente. Al salir del hotel fuimos a su apartamento, lugar en donde pronto nos despediremos, en este día de invierno y en esta Beirut donde los hombres caemos como lluvia o como balas. Torrenciales, le cambiamos el rostro sin cambiar nada más. Lluvia somos, los hombres. Caos. Las mujeres son murallas, son piedras. Forman la roca sobre la que se construye, sin alterar su esencia, cuanto merece ser transformado o derruido.

Vivo en la misma calle que Valeria desde que abandoné «Villa Encore». Frente por frente. Mi apartamento ocupa una planta más baja que la suya. Sus balcones dominan mis ventanas. Fácil metáfora de nuestra relación.

Bien distinto me sentí aquella madrugada. Sentado en su salón, sobre desgastadas alfombras y tibios almohadones, descalzo y con las piernas cruzadas como ella –pero le sacaba la cabeza, o casi– le espeté:

–He visto tu nombre y tu antiguo domicilio tachados en la agenda de casa. Con una cruz muy fea, al lado. Como si estuvieras muerta.

Serena, Valeria vertió café en tacitas de plata labrada.

–También yo tuve tu edad en Beirut y fui víctima del encanto de Nicolau, de su mundanidad, de esa atmósfera de quietud que crea alrededor de uno. Porque es así, ¿no? Te hace sentir como si hubieras hallado tu lugar en el mundo. Es su habilidad con los jóvenes. Por eso ha tenido tantos novios desvalidos, pobres y huérfanos de guerra, a quienes enseña modales, introduce en el mundo del arte, insufla ilusiones. ¿Quién no ha soñado aquí, chico o chica, mientras sintió el vigor de su belleza efímera, con salir del país para prosperar en otro lugar, del brazo de un protector? Gastón sabe acorralar a los vencidos. Hasta que los agobia y ellos se van. O se quedan, y entonces es Nicolau quien se cansa, los aplasta, y los echa.

–No le ocurrió contigo, intuyo.

–Yo pertenecía al sexo erróneo. Le ofrecía un desafío más excitante. Nada que ver con la cama. Mi sometimiento sería de índole más intelectual, pensaba él, y se produciría gracias a mi frustración matrimonial, mi aburrimiento. Al principio me divirtió. Lo conocí en la embajada, al poco de llegar nosotros a Beirut, me lo presentó Carlos. Probablemente habían coincidido en alguna de las orgías con muchachos organizadas clandestinamente para sátrapas del Golfo.

–¿Fueron amantes, Gastón y tu marido?

–¿Carlos? No, era demasiado mayor, para los gustos de Nicolau.

–¿Más que Selim? –pregunté.

–¿Selim? No, eso es agua pasada. Él se convirtió en un amigo, es la única persona que lo quiere, y a la que Nicolau necesita para que le aclare el follón de sus dineros y lo ayude en sus sórdidas aventuras con chicos. Selim se casó y tiene hijos, pero por alguna razón quiere al viejo, y hasta le hace de alcahuete.

–¿Qué pasó entre Gastón y tú?

–Excluido el factor sexual, ¿qué quería de mí? Control. Es su puñetera forma de estar en todas las salsas. Conmigo se equivocó. Decía que le recordaba a su madre. Debió de pensar que yo era vulnerable: mujer insatisfecha en sociedad de costumbres estrictas. El muy rata contó por toda la ciudad que sus frecuentes visitas a nuestra embajada, a la que venía a gorronear, se debían a que yo, una indefensa española muerta de miedo, lo necesitaba.

–¿Rompisteis por eso?

–No.

–¿Te das cuenta de que no has aportado prueba alguna de la monstruosidad de Gastón? Hasta ahora, tú eres la única que me ha engañado, con la comedia del recibimiento en «Villa Encore».

–Espera y verás. Cuando descubras todo lo que esconde... Memoria de los muertos, que tu amigo no tiene derecho a conservar. Eloïse y Habib saben, que te cuenten. No, será mejor que el propio Gastón te enseñe la cava. Busca allí abajo. Lo guarda todo ahí, en su museo.

–¿La cava? ¿Qué cava?

–En el jardín. Bajo la estatua.

–¿El decapitado?

Mi definición le provocó una sonrisa.

–Exacto. Una falsa antigüedad para una falsa vida. Te estoy sirviendo en bandeja una historia apasionante, Malcolm. Si quieres convertirte en escritor, no tienes más que tirar del hilo. Aunque tal vez pretendas pasar el resto de tu vida organizando los escritos de otros. ¿O quieres, también tú, ir de orientalista? En esa cava esconde tu amigo su negro corazón. Antes de que yo llegara, a principios de la guerra, Nicolau la convirtió en un refugio para almas selectas. ¿No te lo ha contado?

Bebió su tercera taza de café y se tumbó en la alfombra, su cara muy cerca de la mía.

–Por lo que yo sé, y lo sé por Émile y algunas personas más, en la fatídica primavera de 1975 Gastón acababa de adquirir «Villa Encore» y pretendía convertir la cava en bodega. Estalló la guerra y el año se reveló poco propicio para conservar vinos. La cava, horadada en la roca, no tenía precio como refugio. Nuestro hombre, que gozaba de cierta notoriedad en su ciudad natal gracias a esos pesadísimos artículos que escribe desde hace décadas, comprendió que tenía ante sí una ocasión única. Si el conflicto duraba, y duró más de lo que nadie alcanzó a imaginar, él se convertiría en un escritor imprescindible. Lo único que necesitaba era... ¿se te ocurre qué, Malcolm?

–¿Alguien que le contara cuanto sucedía fuera de «Villa Encore»? –insinué, sonriendo para mis adentros. Casaba con el carácter de Nicolau una treta como aquélla.

–Listo, mi niño, muy listo. Pues sí. El viejo conocía a otra gente como él. Beirutíes o no. Desarraigados, afrancesados, pretenciosos, mediocres. Buena gente, pero con ínfulas. Como comprenderás, los intelectuales serios, escritores, poetas y periodistas, pasaban de Gastón. Tenían sus propios ambientes, sus reuniones en los cafés del Burj o en los de Hamra. Hacía muchos años que Nicolau vivía en Beirut. Desde aquí realizaba excursiones a los países vecinos, a la caza de pequeñas becas, de miserables prebendas y cartas de recomendación. Se movía, la urraca se movía en su provecho. El librero Émile lo recuerda, disfrazado ya de inglés respetable. Había aparecido en la ciudad a finales de los sesenta, cuando Beirut se sentía el eje de su historia y crecía el convencimiento de que la puerta de Oriente y Occidente iba a tener por fin el destino que merecía. Cosa que, según algunos, es justo lo que ocurrió. Al principio, nuestro hombre ocupaba una habitación alquilada, cerca de los zocos, y dedicaba sus días a rondar por los cafés, en busca de una tertulia que lo aceptara.

–¿De qué vivía?

–Lo ignoro. Alguna renta familiar. No mucho. La guerra mejoró su suerte. Nicolau no era periodista, pero ofrecía una ventaja que, al parecer, algunos periódicos aprecian tanto o más que la calidad o las referencias profesionales: estaba en el terreno y salía más barato que mandar a alguien. Se vendió como el gran conocedor del Levante. La guerra continuó y él siguió escribiendo artículos, libros. Ha ahorrado mucho, porque no gasta y especula con sus pisitos.

–¿Y la cava?

–¡Ah, sí, la cava! Como es un hombre de suerte, resultó que «Villa Encore» era la mejor casa del barrio, y además ofrecía un refugio natural más seguro que el resto de los precarios agujeros, simples sótanos, aparcamientos y hasta huecos de ascensores.

–«Villa Encore» es un extraño nombre para una casa –dije.

–«Villa Todavía.» Así podría llamarse la ciudad. *Encore.*

La cava o, como él decía, «mi salón literario». Repartió copias de las llaves de la casa entre sus amistades. Los pobres creyeron ver el cielo. ¡Un refugio! Le dio un ejemplar a la mujer de Émile, admiradora del *charmant* Gastón. Ésa es la llave que tengo en mi poder. Cuando lo conocí, la cava había sido cerrada, los huéspedes se habían dispersado. Pero en los períodos más salvajes de la guerra, gracias a ellos había mandado sus crónicas. En Beirut, el drama estaba en la calle. Y Nicolau la pisaba poco. Eran los demás quienes recogían las historias, jugándose la vida, antes de refugiarse, temblando, en la cava.

Mi simpatía por el truhán luchaba con la aversión que me producían las revelaciones de Valeria, quien, por otra parte, hasta entonces no había aportado pruebas. Como si adivinara mis pensamientos, añadió:

–Corrobóralo con Émile, el librero. Te lo presentaré.

–¿Mandaste a Gastón a paseo?

–Estaba a punto de hacerlo cuando surgió Michel Bertrand y lo dejé todo por él. Nunca me lo perdonó. Fue entonces cuando tachó mi nombre y escribió la cruz en la agenda, con muy mala leche, según me contó Eloïse. Él aborrecía a Michel, que había escrito años atrás un artículo, precisamente sobre las *soirées* de la cava. Una pieza feroz. Se titulaba «El parásito occidental». Michel no señaló directamente a Gastón, lo cual, en opinión de éste, aumentaba el agravio. ¡Ni siquiera pudo ver su nombre en *Le Monde*! Nunca se lo perdonó. Le odiaba, y me odió a mí también cuando me vio a su lado.

Recordé la confesión que Gastón me había hecho la mañana anterior, acerca de la existencia de otros papeles.

–Me parece que no me resultará difícil que me enseñe sus secretos. Sin perder mi virtud, naturalmente.

–De eso estoy convencida. De lo segundo. En cuanto a lo primero, ten cuidado. Es muy listo, el viejo, muy astuto. Pretenderá engatusarte con cuatro cosillas. Exotismo. *Monsieur* por aquí, *monsieur* por allá, servidumbre, tarjetas con letra inglesa. Una vida regalada. Con su muy conveniente pátina de orientalista. Espero haber llegado a tiempo para salvarte de un destino similar.

Lo dijo sonriendo, y me alborotó el pelo, como a un crío. Aquella noche el joven Malcolm tampoco perdió su virtud en casa de Valeria.

Pero tenía una carta que buscar, una cava por descubrir y una mujer por conquistar.

Valeria se equivocaba, o recordaba mal. Michel no había titulado su artículo «El parásito occidental», sino «La plaga occidental», y no centraba su atención exclusivamente en el refugio literario que Gastón mantuvo en «Villa Encore» durante algunos años de la guerra. Mencionaba otras experiencias, otras ciudades de Oriente Medio y del Magreb. No se centraba únicamente en los conflictos bélicos, hablaba también de la pobreza y del sometimiento. No obstante, la mujer tenía razón. Los párrafos que aludían a Nicolau –citado con una escueta X– eran despiadados: «Si *X fuera un simple caradura o un vividor occidental, se habría limitado a establecerse en el sector Este de Beirut, y a olvidar el Oeste. Allí gozaría de una existencia despreocupada y rica en diversiones, en un extrarradio que se desarrolla a espaldas y a expensas del trágico destino de gran parte de la misma ciudad. X no es un sinvergüenza, sino una sanguijuela. No habría llegado a nada si los demás no hubieran sido violentados previamente por la fuerza de las armas, de la guerra. X es un símbolo del colonialismo occidental, en su manifestación más rastrera. El chatarrero de la miseria humana*». Encontré el recorte del artículo, escrito en noviembre de 1983, plegado hasta formar un pequeño y contundente billete, escondido entre la cubierta y el cuerpo de otro de mis descubrimientos: *Dans le noir. La nuit d'un otage*, el libro escrito por Bertrand sobre su cautiverio. Eso ocurrió más adelante, poco después de otros hallazgos más significativos, y también relacionados con el reportero.

De vuelta, tras mi noche con Valeria, Gastón me esperaba en el jardín de «Villa Encore». Casi le caí encima. No sé cómo, había conseguido hincar una silla en medio de aquellos matojos. Me dio un susto de muerte.

–¿No sabes usar el teléfono? Me tenías intranquilo –dijo, y me recordó a Laura Mestre.

Sus palabras, pronunciadas con la modulación imperativa que utilizaba mi madre, calaron en lo poco de mi lealtad hacia él que aún permanecía en pie. Gastón: pelo revuelto, boca con babas secas en las comisuras y una toca de lana negra, una especie de mantón con flecos, sobre su arrugado caftán blanco. Era evidente que no había dormido. Su compungido rostro no me conmovió. Me entró asco y sentí una irresistible necesidad de humillarlo. Me acerqué.

–¿Te has privado del sueño para espiar mi regreso? –le reproché, a él y al recuerdo de Laura Mestre.

El maestro orientalista adoptó un tono de apresurada disculpa:

–No pasa nada, Malcolm, no pasa nada. Entiendo que salgas, eres muy joven. Se trata de la ciudad. Tenía miedo de que te hubiera ocurrido algo. Si Barcelona es peligrosa, de noche, ¡imagínate, Beirut! Aquí sucede lo más insospechado.

–No deberías preocuparte por mí. Pareces una madre.

Lo tomó como un halago.

–No te vuelvas a ir sin avisarme. –Al levantarse le crujió el esqueleto–. Estos desvelos al relente perjudican a mis huesos, de por sí desgastados por los avatares del Levante.

Mirándome con la glotonería con que solía abalanzarse sobre los dulces del desayuno, alzó una mano y me restregó la mejilla, en el exacto lugar donde Valeria, empinada sobre la punta de los pies, había demorado sus labios hacía sólo quince minutos, despidiendo al intocado Malcolm.

–Pillastre –comentó, frotándose los dedos contra el caftán.

Una mota escarlata ensució su blanca pechera.

–Cada vez que salga, ¿he de notificarte adónde voy? –contraataqué.

–Ay, pérfido. Cómo abusas de quien sólo ansía tu bien.

–Me voy a dormir –corté. Su vena masoquista ya había recibido bastantes satisfacciones–. Y prepárate. Quiero ver inmediatamente esos documentos de que me has hablado.

Gastón abrió los brazos y se desprendió teatralmente de la toquilla, arrojándola al suelo.

–Es verdad que aguardé tu llegada devorado por la preocupación, mas también para darte una excelente nueva.

Voy a hacerte partícipe de mis más recónditos secretos. Eres la primera persona en la que deposito mi confianza hasta el punto de otorgarte tal prerrogativa. Ven, ayúdame.

Vacilante, apoyándose en mí y aplastando ramas y hojas y alguna que otra flor, caminó hacia el decapitado.

–Hazlo tú –señaló la estatua–. Levántala y ponla por ahí. Pesa demasiado para mis fuerzas menguadas por la vigilia.

Agarré con las dos manos la barra de hierro que sostenía la cabeza. Estaba pegajosa. Tiré hacia mí y la escultura se desplazó. Un soporte de piedra, cubierto de líquenes, sostenía el conjunto. No me costó apartarlo del todo. A la luz ya ambarina del día vi una cerradura. Lo que había tomado por un tablón no era tal, sino una puerta: las dos hojas de una trampa, selladas por un cerrojo.

–Es una bodega –dijo Nicolau–. En otro tiempo... Ya hablaremos... No la uso para almacenar vinos, sino otro tipo de caudal de valor muy superior. ¡Malcolm, me extasía compartir con alguien tan refinado como tú la historia de esta ciudad, de sus habitantes! Bueno, no todos. Unos cuantos. Gente de aquí, de allá. Están muertos, ya no necesitan nada. Tú serás el primero en apreciar mis tesoros, y también el primero en admitir que hice bien al reunirlos. ¡Quién sabe qué habría sido de estos testimonios, lejos de mi fiera protección!

Había topado con dos salvadores de Beirut en una sola noche. Me preguntaba cuándo iba a conocer a alguno de sus asesinos.

–Guardo la llave en mi habitación –dijo él, insinuante–. Ya verás. Con lo que encontrarás ahí abajo no volverás a aburrirte, ni necesitarás salir de casa.

Lo dijo al tiempo que me daba un empujoncito cariñoso.

Volví a colocar la escultura en su sitio.

–No ahora. Necesito descansar –dije–. Me voy a la cama.

Ya en mi estudio, me desnudé como pude y me desplomé sobre el colchón.

Cuando desperté había anochecido. Miré el reloj. Eran las siete de la tarde. Llevaba más de diez horas durmiendo. De pronto recordé lo sucedido, y me invadió la euforia. Sabía algo que Gastón ignoraba que sabía, y el destino había puesto a mi alcance una carta por la que Valeria haría cualquier cosa. Jugaría con los dos. Me sentía omnipotente.

Creía tenerlos a mi merced, pero la cava me tenía a mí.

Nicolau nunca debió facilitarme la entrada a su caverna. Fue su peor error, después del delito mismo, como habría señalado Valeria. Ella habría elegido la palabra crimen.

Gastón me esperaba abajo, impaciente, midiendo a zancadas el salón. Más que un salón era una prolongación rectangular del porche, un atrio rodeado por media docena de puertas, a través de las cuales se accedía a otras tantas estancias de reducido tamaño. Los cuartos comunicaban entre sí y estaban atestados de muebles antiguos, tan exquisitos como incómodos. En aquel contexto, el ordenador de mesa de Nicolau, regalo de mi padrino editor, parecía el atónito anticipo de una remesa espacial.

Gastón solía transitar a diario de una conejera a otra con la cautela de un monje, apilando cuartillas, disponiendo aquí una lupa de mango de marfil, allá un pisapapeles de lapislázuli, un poco más allá un juego de tinteros adornado con plata y turquesas. Llamaba «mis aposentos» a las habitaciones, en una de las cuales dormía, como un duende, en un lecho de cabecera policromada que, aun siendo de moderadas proporciones, ocupaba más de la mitad del espacio.

El salón era el escenario donde Gastón representaba, para mi beneficio, sus elaboradas pantomimas. «Me retiro a mis aposentos, a meditar», anunciaba, mohíno, cuando necesitaba llamar mi atención al verme enfrascado en una conversación con Habib, o abstraído en exceso en la lectura de un libro que no había sido escrito por Gastón Nicolau. Reaparecía cinco o diez minutos después por cualquier otra puerta, con ánimo de sorprenderme y determinado a convertirme en el blanco de alguno de sus retóricos soliloquios: «El amparo de mis aposentos ya no me conforta. ¿Quién soy yo? ¿Qué soy yo, Malcolm? ¿Un filósofo, un historiador, un poeta, un filántropo? ¿Me compensa malgastar mis esfuerzos –y aquí abría los brazos para subrayar la profundidad de sus dudas, sacudiendo las volanderas mangas del caftán–, mi existencia toda, en esta desdichada región elegida por los dioses para el suplicio? Mi testimonio, ¿habrá sido, será en vano? ¿Debería haber aceptado alguna de las regalías y sinecuras que me propusieron, y siguen haciéndolo, allá en mi Barcelona, loados sean mis fieles seguidores, para desasnar a las nuevas generaciones y darme, de paso, la gran vida? ¿Dilapido mi tiempo al reducirme a este rincón donde también el vil materialismo triunfa? ¿Puedes creer, querido discípulo, que las cuatro naderías en bienes raíces que poseo en esta ciudad, además de costarme un capital en sobornos, serán objeto de una carísima rehabilitación, completamente a mi cargo por decisión de la superioridad? ¡Yo, que por Beirut lo he dado todo!».

Si en tales ocasiones Habib se hallaba presente, acostumbraba a huir, rezongando algo acerca de la bronca que le esperaba si no compraba el agua de azahar que su mujer le había pedido al salir de casa. Yo, en cambio, aguantaba de buena gana los discursos del viejo. Aquél era mi Gastón. Histriónico, fanfarrón y quejica. Graciosamente avaro: «¡Beato tú, receptor de rentas heredadas, alimentado por la lucrativa teta de la divulgación gastronómica! Me han dicho que esa ordinariez de los libros culinarios da mucho dinero. Bastante más que la investigación, mi ingrato campo. Peor que campo, secanal!», culminaba, entrecerrando sus ojillos arteros. Yo adoraba los arrebatos líricos del presumido septuagenario.

Esa tarde, cuando entré en la sala, Nicolau interrumpió sus agitados pasos, deteniéndose junto al facistol de cedro en donde reposaba su voluminoso ejemplar de *Los siete pilares de la sabiduría.* Lo mantenía abierto ostensiblemente por la página de la famosa dedicatoria al joven amado: *«I loved you, so I drew these tides of men into my hands and wrote my will across the sky in stars...»*[5]. Garboso, apoyó ligeramente un codo en el borde del atril, en la actitud más lawrenciana que la imaginación puso a su alcance, o quizá su desenvoltura formaba parte de un manoseado repertorio destinado a impresionar a chicos más asequibles que yo. Se había vestido con un caftán más opulento que el modelo que usaba para estar en casa. Era de seda púrpura, con pedrería ribeteando un escote en uve por el que asomaban rizos de vello blanco. Una cadena de oro y una medalla con un versículo del Corán y sus habituales babuchas de piel crema, dilatadas y astrosas –tenía los pies deformados por los juanetes–, completaban su atuendo. Deduje que iba expresamente ataviado para presidir la ceremonia de apertura de la cueva. Llevaba el cabello peinado hacia atrás con exceso de brillantina.

–Tengo la llave –anunció, majestuoso.

Sentí una punzada de ternura. Maestro Nicolau: afanoso cultivador de empaques, asido a sus fábulas con empecinada coherencia. Eso le confería, en mi opinión, una forma de nobleza. Con la vanidad del necio, me prometí ahorrarle los efectos de mis acciones. Buscaría en sus papeles secretos la carta de Michel Bertrand, sí, la robaría –se la restituiría a su dueña–, pero haría también cuanto estuviera en mi mano para compensar a mi anfitrión, mi jefe, trabajando con seriedad en sus memorias. Inventando, si era necesario.

Había llegado a Beirut resuelto a convertirme en otro, y la fortuna ofrecía al nuevo Malcolm insólitos desafíos. Dos actitudes opuestas, dos afectos contrarios, dos lealtades rivales exigirían en adelante mi atención, pensaba. Habría una mitad de mí en «Villa Encore» y otra que seguiría a Valeria por la ciudad. Cuidaría de Nicolau, manteniendo simultánea y calladamente mi relación con la mujer. Es más, intentaría reconciliarlos. Si alguna vez hubo en Gastón una serpiente, ya estaba muerta. Un soplo bastaría ahora para derribar al anciano.

–La llave –insistió Gastón, entregándomela. De tan recia, bien podría haber servido para abrir las puertas del templo de Salomón.

–Vamos –dije, resuelto.

Nicolau rebuscó en las profundidades del caftán y extrajo una linterna.

–La necesitaremos –su rostro parecía el de un chiquillo a punto de emprender una aventura.

Retiré la estatua con cuidado. El joven rostro de mármol empezaba a resultarme tan familiar como el silencio envenenado del jardín, la casa cuyo nombre evocaba lánguidos recuerdos, las revelaciones de Valeria, el propio Gastón Nicolau, sus memorias, y la ciudad, Beirut, cuya sustancia ni siquiera intuía. De no haber sido yo quien en el fondo era, ¿habría aceptado con tanta naturalidad aquel disparate?

No sin esfuerzo liberé el cerrojo y levanté las compuertas, más macizas de lo que suponía.

A la luz de la linterna vi el inicio de lo que resultó una estrecha escalera de caracol, metálica, que caía verticalmente a lo largo de un tubo vaciado en la roca. Inicié el descenso con un Gastón que, aferrado a mi espalda, maldecía el dolor de sus articulaciones. Los peldaños estaban encharcados, resbaladizos. También el suelo de la cava y los muros rezumaban agua sucia. Olía a algas y a gérmenes.

–Once años sin bajar –jadeó Gastón–. Lo hago por ti. Esta bodega me trae muchos recuerdos, demasiados. Algún día te lo explicaré. No te preocupes por el material. Está todo en recipientes especiales, impermeabilizados, obra del mismo artesano damasceno que diseñó los armarios de mis aposentos.

El haz de luz reveló una docena de cajas metálicas alineadas contra uno de los muros. Las rugosas paredes teníanan, a media altura, una especie de saliente natural que recorría toda la cueva, una cenefa irregular que la luz de la linterna agrandaba, dibujando sombras deformes, un anillo de gárgolas apiñadas en un tejado gótico. Eran velas. Restos de gruesos cirios derramados sobre residuos de los anteriores, goteante cera suspendida en la fétida atmósfera.

Hombres y mujeres a quienes yo no conocía se habían refugiado de lo insoportable en este sótano, y se habían mirado a los ojos aquí, acompañados por el temblor de las llamas, mientras su ciudad reventaba.

Inoportunamente, y por ello estuve a punto de soltar una risa histérica, pensé que la pobre gente debió de aguantar, además, no pocos discursos de Gastón, sin poder huir.

Me calmé enseguida. La atmósfera era lóbrega: paredes escamosas por la humedad; moho y telarañas cubriendo la superficie de las cajas. Dentro de éstas, la memoria de los muertos: si Valeria tenía razón.

La gruta, cóncava, medía unos quince metros de longitud por cuatro de profundidad, y tanto Gastón como yo, ambos cercanos al metro ochenta, tuvimos que inclinarnos para no chocar con el techo abovedado. Un bulto se movía en uno de los extremos. Dirigí la linterna rápidamente: era lo que quedaba de un montón de colchones y sacos de dormir, podridos. Podía haber hasta ratas.

–Al principio tuvimos electricidad. Pronto dejó de funcionar, como todo; por suerte, nunca nos faltaron velas –dijo Gastón, que se apoyaba en mí un poco más de la cuenta, con la excusa de no tropezar. Con la otra mano alzaba el borde de su caftán–. En este lugar, Malcolm, fue mucha la cultura que concentré para que mis amigos hallaran un refugio físico y moral del horror que asoló las calles de nuestra martirizada Beirut.

Cables eléctricos reptaban hacia el techo abovedado, retorcidos y cubiertos de musgo. Me estremecí, y no únicamente por el frío, sino de asco y temor. Allí abajo me faltaba la respiración.

–Más vale que no lo toques –le advertí, al ver que el otro alargaba la mano hacia un interruptor en forma de pera–. Si por casualidad funciona y está conectado al resto de la casa, te electrocutarás. Y sería una lástima, con lo guapo que te has puesto.

–Me gusta que te preocupes por mí –comentó, y yo fingí no haberlo oído–. A partir de mañana instálate aquí por las noches, después de que Habib se vaya, esto tiene que quedar entre tú y yo. Lo limpias todo, y a trabajar.

–Antes preferiría regresar a Barcelona. –La cava era un agujero infecto–. Te diré lo que vamos a hacer. Tú buscas en tu... en tus aposentos algo más cómodo que esa túnica de gran visir, yo iré a por cuerdas y trapos. Entre los dos quitamos la mierda que cubre las cajas y las subimos a mi estudio.

Había recuperado mis amables tendencias sádicas de la noche anterior, y Gastón, jubiloso, exclamó:

–¡Qué suerte! ¡Una noche de rudo esfuerzo viril! ¡Ay, tengo unos pantalones de pana, que ni pintados!

Barcelona, abril de 1995

El más asiduo de sus dos guardianes se arrancó el pasamontañas. Un movimiento rápido que sorprendió al hombre que hoy yace sobre el costado derecho en el suelo de una habitación de hotel, rendido por la pérdida de sangre y el súbito retorno del intenso aroma de manzanas que impregna la moqueta, las paredes, el cuarto entero que ya no puede ver. Paralizado, ahora. Eficazmente paralizado, su cuerpo. Excepto el cerebro. Aceleradamente su cerebro se vuelve egoísta al enviar sus órdenes –«Abre el ojo izquierdo, la sangre no está del todo seca. Trata de gritar, pide auxilio. ¡Encuentra el whisky!»–, se repliega en sí mismo, la cúpula de mando del ejército perdedor se reúne a puerta cerrada, consciente de la proximidad del fin, y convoca a la sola unidad que aún sigue en pie dentro del agonizante. Su memoria.

La parte buena de tu último parte de guerra, transmítelo como corresponsal desde ti mismo y para ti mismo, díctalo a gritos que sólo tú oyes: el corazón ya no te duele.

Recuerdas el rostro barbudo, bruscamente al descubierto, del muchacho que te había vigilado. Con el otro no tuviste trato, los oías hablar o discutir en la habitación contigua, te pasaban la bandeja con pan y un poco de yogur, tu único alimento diario. Sólo uno te vigiló de cerca, durmiendo al otro lado de la puerta, oías su respiración durante las cuarenta noches que acompañaron otros tantos días. Un período insignificante si lo comparas, y debes hacerlo, con lo que les sucedió a otros. Siempre te llevaste la mejor parte, o al menos has sido lo bastante hábil para esquivar la peor, escabullirte se te dio bien (no de balas ni de bombas, el peligro real nunca te pareció realmente peligroso), hasta el instante en que tu guardián se quitó la capucha y entendiste que no habría redención para tus culpas.

El secuestro no haría de ti un hombre de quien hasta tú te sentirías orgulloso.

No fue un secuestro político. No hubo detrás de la acción un grupo fanático que pretendió utilizarte como rehén para un intercambio. Nada de política. Nada de guerra. Sólo un despreciable y mezquino correctivo, a causa de un asunto de faldas. Musa, el hombre que se arrancó el pasamontañas con un movimiento preciso que hizo vacilar el suelo enlodado bajo tus rodillas, te hizo más daño con ese gesto que si, segundos antes, el enmascarado, en su papel de secuestrador desconocido (manteniendo la ficción de tu prestigio en el contexto periodístico internacional), te hubiera reventado la cabeza con una bala. Habrías muerto felizmente convencido de que este tu sacrificio constituía una reparación de carácter retrospectivo e integral, un indulto general a tu pasado.

Ahí va el héroe hacia la eternidad, balanza en mano, en un platillo su cabeza agujereada por la bala y en el otro todo lo demás, lo demás que Dejaste Atrás mientras Do Not Disturb y, ¡milagro!, el equilibrio entre ambas plataformas resulta exacto, milimétrico, sutilmente alineado, informan fuentes de reconocida solvencia.

Musa te birló la última oportunidad de redimirte.

«¡Lárgate de Beirut! ¡Estás maldito! –gritó–. Nunca más te acercarás a Alia. ¡Alia no es para ti! Se va a casar con el marido que le he asignado. Uno como yo, uno de los nuestros.»

Una venganza llevada a término por el fanático hermano. Una siniestra broma urdida por un sanguinario imbécil, mientras la tristeza y la sangre y la crueldad empañaban las calles de Beirut. Arriesgaste el pellejo por una mujer, sacrílego, te burlaste del peligro real que tus colegas occidentales, incluso tú mismo, desafiabais segundo a segundo, jornada a jornada. ¿Tan poco valorabas la vida?

Nada de gloria, nada de heroicidad. Lamentable incidente relegado a una nota en los periódicos locales. Imaginabas cuál sería la reacción de tus colegas, cuando lo supieran. Risotadas en el Back Street. Fuad, indolentemente apoyado en su rincón favorito de la barra cuadrangular, te observaría con sus ojos burlones, de párpados caídos e hinchados, la amplia frente lo bastante fruncida para mostrar su cariñosa chanza, así como su satisfacción al ver cumplidas sus predicciones: «Nunca te enredes con una mujer musulmana salvo que sea viuda, huérfana, carezca de hermanos, primos y demás parientes y haya sido repudiada por todos los hombres de su comunidad. Y aun así no deberías rondarla. No deberías cortejar ni siquiera a las cojas, tuertas o ciegas. Guárdate de esa niña, porque es casi una niña para ti, ¿cuántos tiene, dieciséis? Lleva dinamita en las pestañas». Fuad te había sorprendido con Alia en un hotel de

Byblos, recuérdalo, poco antes habíais hecho el amor devotamente en una de las habitaciones, somos beirutíes del séptimo día, le dijiste, besándole el cuello, y llevabais las arrugas de las sábanas impresas en la piel cuando Fuad y su esposa, venida desde Nicosia para una corta visita, ocuparon otra de las mesas. Tomasteis café juntos, una agradable sobremesa. Días después, en la agencia, el egipcio te soltó su sermón sobre el riesgo de tener una amante musulmana, medio chiita además. «Su madre es cristiana», protestaste. El otro se encogió de hombros: «Eso ya no cuenta, hoy en día. El hermano gemelo de tu chica hace trabajos para Hezbolá, ¿lo sabías? Musa, se llama. Además, a él lo pretende ese tipo, Nicolau, el dueño de "Villa Encore", y si se entera de lo tuyo con Alia, pronto lo sabrá toda la ciudad», añadió.

Ningún partido, ni el de Dios ni el del diablo, ninguna facción o milicia intervino en tu asunto. La mala leche de Musa era de cosecha propia.

También Alia, también ella te confió sus temores, días antes de tu secuestro: «Mi gemelo, Musa, me da miedo. Tan igual que yo por fuera, tan lejos de mí en su interior. Ha crecido en las calles, la guerra es un juego para él, y el odio al enemigo una emoción voluble. Hay en sus ojos un odio nuevo, fijo, que me alcanza a mí. No me habla, cuando yo intento hablarle silabea maldiciones». Sus ojos, pues, su odio de basalto. Lo único que distinguías en su rostro encapuchado cuando se acercaba a ti, tanto que sentías su aliento, y sin embargo no lo identificaste. Sus ojos eran los de Alia, pero a su mirada le faltaba el amor que bruñía la de su hermana.

«No voy a dejar de amarla. ¡Nunca!», te sorprendiste facilitando a tu secuestrador la exclusiva que le habías negado a ella. Noticia bomba. Maniatado, de rodillas, exigiste tu ejecución sumaria. Cualquier cosa, antes que volver.

Demasiado sencillo. La única reacción de Musa fue patearte la cara, a conciencia. De madrugada, tus dos guardianes te vendaron los ojos con un pañuelo negro y te metieron en un coche. Dieron vueltas y más vueltas, fingiendo que cambiaban de barrio. Tú sabías que era el mismo porque el oído de un secuestrado es más fino aún que el de un corresponsal de guerra, y reconocías el rumor de fondo, el canto de los gallos y la voz del almuédano que habías escuchado durante cinco semanas. Aminoraron la velocidad, te aflojaron la cuerda de las muñecas y te arrojaron del coche, más contusiones para una representación creíble. Caíste en blando, graznidos de gaviotas sobre tu cabeza, hedor, el mar, tu mar, y antes de desatarte del todo y de arrancarte la venda ya sabías dónde habían caído, caer, caer, caer, los residuos del hombre que no pudiste ser, caídos en un basurero, y ni siquiera las gaviotas se dignaron picotearte. Te pusiste en pie a las puertas de la ciudad de la que habías sido deportado, dispuesto a someterte a la inevitable ceremonia de la reaparición, antes de la no menos inexcusable partida definitiva y de los sucesivos descensos hacia la nada.

Como era de esperar, tu secuestro pasó por un asunto serio, tus colegas y la embajada de Francia se movilizaron, todas las facciones a las que parecía razonable atribuir tu rapto negaron su responsabilidad, lo de siempre. Siria intervino inútilmente, como tú bien sabes, lo cual no impidió que la coincidencia de sus gestiones con tu liberación le proporcionara a su gobierno un excelente momento publicitario; seguramente Musa pensó que ya se había armado suficiente jaleo, o temió que sus jefes tomaran cartas en el asunto, por eso te soltó.

Y las contusiones resultantes de sus golpes, sumadas al tratamiento de hambre y suciedad a que fuiste sometido durante las semanas anteriores, te convirtieron en la copia perfecta de un rehén. La falsificación no defraudó a los diplomáticos que acudieron a recogerte al hotel hasta donde te arrastraste, ni a los médicos que te examinaron, ni al equipo de relaciones públicas que te acompañó a Damasco, ni a los periodistas que te abrazaron con una emoción que no te pertenecía, que era de cuantos habían sufrido, sufrían aún y sufrirían durante largo tiempo peores torturas que la tuya. Unos y otros veían en ti la esperanza de otras restituciones: si tú habías vuelto, otros volverían también. Fuad se lo tragó. Al menos, al principio.

Tu rostro demacrado apareció en los noticiarios y dio la vuelta al mundo, gente que no te conocía te vio en televisión, lloró por ti y se felicitó porque volvías con los tuyos.

Los tuyos. Delicado momento, piensa el hombre que yace sobre su costado derecho, en una habitación de hotel. En este delicado momento no deberías recordar a los tuyos, aunque sea tu sangre lo que huele a manzanas, podrías afirmarlo.

También hubo mujeres. En algún punto de su cuerpo, aprisionado entre los muslos, tan inepto para el servicio como el resto del material, se encuentra el órgano que dio y recibió placer en el pasado. No nos podemos quejar, compañero. En cuanto a amor, te declaraste a Alia en tu prisión, por persona interpuesta. Podría decirse que se trató de una petición de mano en toda regla, aunque algo improcedente, dadas las circunstancias.

Piensa el hombre que nunca pronunció la palabra amor para la muchacha musulmana, no tan joven pese a su joven edad –menos de diecisiete cuando la conoció: le faltaban dos meses para cumplirlos–, tan endurecida ya por la experiencia de su ciudad maldita, y en cuyos brazos encontró lo más parecido a la paz y la guerra juntas, un campo de batalla. Sí dijo, para no decir amor: Alia, Alia, Alia, Alia, Alia, ¡Alia!

¿Qué han hecho, qué hice contigo?

Recuerdas la noche en que Valeria se empecinó en acompañarte, en la moto. Valeria, carne de Beirut también, la habías reconocido desde el primer momento y la colocaste en el lugar donde nunca más se sentiría perdida, mujer en el Oeste, mujer salvada. A cambio de ese favor –seriamente creías que le hacías un favor, sigues creyéndolo y esperas que te haya perdonado– la utilizabas como tapadera de tu historia de amor real. Alardeabas acerca de tus relaciones con Valeria en la ciudad donde todos se conocen, confidencias acotadas por sacos terreros, chismes que circulan de una esquina a otra y salpican los controles de soldados y milicianos, rumores que se mezclan con el desorientado canto de los gallos y el aullido de los perros, con los disparos y traiciones.

En la ciudad donde los idiomas y los acentos y las liturgias y los símbolos encarnan la diferencia entre morir o seguir vivo, te engañabas al proteger a Alia fingiendo amar a Valeria. Te serviste de las dos, para tu provecho.

Siempre has utilizado a quienes te han querido.

La noche en que desafiaste a los francotiradores de la línea de demarcación que dividía Beirut, en moto, como tantas veces, ahora con Valeria pegada a tu espalda, también gritabas sin voz, Alia, masticabas su nombre, amor, Alia, amor, Alia, aliamor, como el más idiota de los adolescentes. No dejaste, por eso, de mandarla al campo de refugiados palestinos, para que realizara el trabajo en tu lugar.

Sabe el... ¿qué ibas a decir? ¿Ibas a nombrar al cielo, estúpido agonizante? ¿Y por qué no? Sabe el cielo que fue por una buena causa, la información, los periodistas extranjeros ya entraban y salían libremente de los guetos, pero todos contaban el mismo cuento. Como mujer y musulmana, Alia resultaba perfecta para recoger otro tipo de datos, historias humanas, eso en la agencia gustaba mucho, tenía salida, y, además, había que mantener el interés por los refugiados palestinos, por los campos ferozmente asediados durante meses y más meses. Ni siquiera la registraban, era tan hermosa que los centinelas se quedaban confundidos, perplejos, y ella se divertía, no tenía miedo, no había conocido otra rutina durante los dos últimos tercios de su vida transcurridos en guerra, se creía la protagonista de una película –me llevarás a París, seré modelo, haré cine–, grababa cintas, sacaba fotos, dibujaba mapas y, finalmente, escondía el producto de tu ignominia en su ropa interior. No recuerdes su ropa interior, no ahora, no hoy, la infinita lágrima negra de su sexo en tus labios, su sal y tu whisky mezclados con la picante exudación de sus axilas, no recuerdes la sinuosa travesía de tu lengua por su piel aceitunada hasta su boca, ni el aroma de nardos de su melena. No recuerdes las horas clandestinas en que su cuerpo te daba refugio.

Un trabajo arriesgado, las excursiones de Alia a Chatila. Fácil de descubrir, también.

Alguien terminó haciéndolo.

Quien fuera que dio el chivatazo, o tal vez la vio el propio Musa, no contestó cuando se lo preguntaste, te jodió bien jodido.

Ajusticiamiento por implosión retardada.

Vas a morir precisamente aquí, en Barcelona, la víspera del día, entre todos los días, en que deberías estar vivo, sereno, con un aparato telefónico a tu alcance.

SEGUNDA PARTE

La cava

A pesar del limitado volumen de mi grabadora y reproductora de casetes portátil, la explosión me sobresaltó.

Restalló, profanamente eficaz, en el tupido silencio de «Villa Encore», a la hora en que Beirut, todavía aturdida, despertaba para entrar en sus ensueños, pronunciando el santo y seña que le permitiría reanudar actividades alejadas de los años vandálicos. Así es como despierta todavía hoy, como me gusta encontrarla todas las mañanas, baldeando las huellas del día anterior, oliendo a limpieza reciente y también a inmemoriales desagües atascados, alzando sus puertas metálicas para ofrecerse a lo imprevisible, a lo milagroso, trabajando con inconsciente empeño en el único prodigio, su mera existencia esperanzada en plena y cíclica repetición de sus errores.

Era muy de mañana y, emergiendo del sonido confuso, de los gritos y de algo similar a un trueno, oí una blasfemia, proferida en inglés, y luego una orden: *«¡Da la vuelta, mierda, da la vuelta! ¡Atrás, atrás, da la vuelta! ¡Deprisa, deprisa! ¿Quién dijo que nunca caen dos proyectiles en el mismo sitio?»*. Rugido de motor, chirriar de llantas, el ronquido de un avión, alejándose, y una fiera carcajada del mismo hombre, seguida por un trémulo *«¡Gracias a Dios!»*, en árabe, del inconfundible Habib. Un corte y, de nuevo, la voz del hombre, en inglés, muy cerca del micro, en tono rutinario: «*Un cráter del tamaño de una alberca en la carretera; sangre y vísceras en los naranjales; a mi derecha, lo que fue una aldea ahora es un cementerio de ruinas humeantes; ovejas despedazadas, patas arriba, el tronco de una bestia aún vibra como el fuelle de una gaita. Buscamos entre los escombros, encontramos al campesino que habló conmigo hace veinte minutos, o lo que de él queda, junto a su primogénito, o lo que de él queda, un brazo suelto, la manita cerrada, sujetando el hilo de la cometa con la que jugó con nosotros antes de que otro pájaro llegara hasta aquí con las acostumbradas intenciones; nacer y crecer cerca de Israel sigue siendo un pésimo negocio*». Seguía un relato minucioso del tipo de armas utilizadas por los atacantes, del número de víctimas y los daños, quemaduras, miembros amputados. Y una coletilla: «Overbooking *en el Paraíso de Alá. Jehová está enviando nuevos inquilinos por decenas. Casi les hacemos compañía*». Su voz no era truculenta, ni ronca, ni siquiera profunda. De tan normal, resultaba familiar. Era la voz de Michel Bertrand.

La cinta, grabada en 1983, durante una expedición a las aldeas del sur de Líbano bombardeadas por los israelíes, formaba parte del botín que Gastón Nicolau había mantenido oculto en la cava. Porque, para mi sorpresa, descubrí que tres de las cajas allí escondidas contenían los archivos del reportero que Valeria creía enviadas a París. Me apresuré a apartarlas de las otras: atención preferente. La carta tenía que encontrarse allí.

Las nueve cajas restantes guardaban, amontonados de cualquier manera, los despojos de vidas espectrales que me atraían menos que las pertenecientes a mi difunto rival.

Retratos de bodas, fotos de familia, partidas de nacimiento, pasaportes, certificados de matrimonio, contratos y libretas de cuentas, cuadernos infantiles, láminas de dibujos, paquetes de cartas, libros, esquelas con versículos del Corán, monedas, naipes sueltos, estampas de santa Teresita de Lisieux o St. Elias, o St. Georges, o de Notre-Dame du Liban, la Harisa, su más bien impotente protectora, la madona que volvió su rostro de piedra hacia otro lado, para no ver desde el monte la aniquilación de sus hijos. Algún periódico, boletos de lotería, billeteros, páginas de agenda señalando jornadas que la guerra vació de oportunidades. Objetos chamuscados, polvorientos, incompletos, rotos como las existencias de cuyo eje dependieron, cuya cotidianidad arroparon. Les eché un púdico vistazo, hipócritamente confortado al comprobar que los escritos más íntimos estaban en árabe, un dique contra mi curiosidad. Sentí vergüenza también al evocar, ante aquel santuario saqueado, el aspecto más sombrío de Nicolau, su desdén por los demás, su avaricia. A la vista del botín de la cripta, reconocí en Gastón al depredador de almas denunciado por Valeria. Porque si su objetivo era serio, si sólo aspiraba a conservar parte de la historia de la ciudad y había accedido a ella por medios decentes, no tenía sentido que mantuviera escondidos los documentos, enterrados en una siniestra caverna cerrada a cal y canto, camuflada bajo las hierbas silvestres del jardín y sellada por el patético busto del efebo.

Todo aquello, ¿me concernía? El Gastón que enviaba a sus sirvientes a rebañar restos de infortunio en las ruinas de la ciudad pertenecía a otra época, al pasado de Valeria y Michel. No debía permitir que sus faltas de otro tiempo (ni siquiera su supuesta explotación de las desventuras de la guerra, su uso de informantes vicarios) envenenaran mi cómodo presente en Beirut ni el porvenir hacia el que un día u otro saldría catapultado. Tenía que agradecerle su nueva deferencia. La de someter a mi examen, sin saberlo, los asuntos privados de mi competidor.

¿Mintió Valeria al afirmar que no había seguido la pista de los documentos de Bertrand? Si Gastón era un depredador –acerca de lo cual yo no dudaba ya–, ¿por qué iba a conformarse únicamente con la carta? Además, había que tener en cuenta que el viejo se había apresurado a adquirir el piso de Michel.

Tal vez la carta aclararía algunas respuestas, me animé. Pero no pude encontrarla, y tampoco me importó. Desde que hundí mis manos en los archivos de Bertrand, olvidé mi principal objetivo y me dediqué a examinar sus papeles. ¿Cómo designar el alud de informaciones? ¿Fe de vida? ¿Pruebas? Tenía ante mí una herencia, la herencia de Michel. No la despacharía rutinariamente.

Sus papeles no habían sufrido el mordisco de las llamas, no habían sido rescatados de los derrumbes, ni los arruinó parcialmente el agua de las cañerías reventadas, ni fueron corroídos por el lodo. La memoria de Michel, al contrario que los documentos de las otras cajas, no había sido profanada por ninguna batalla.

Un hombre interrumpido. Truncado en seco. Alguien que sale de casa sin molestarse en llevar consigo sus salvoconductos; alguien, teoricé, que no desconecta la luz ni el agua ni asegura el cerrojo de su puerta. Alguien que jamás regresará.

¿Adónde iba Michel el día que lo secuestraron? ¿O sucedió de noche? Valeria no me había suministrado detalles. «Lo secuestraron al salir de su casa», recordé, y también la fecha aproximada: finales de mayo de 1987. Nada más. ¿Quién lo esperaba?, ¿quién lo engañó? ¿Hacia dónde se dirigía? ¿Por qué no se llevó consigo los permisos emitidos a su nombre por diferentes milicias y ejércitos, que yo ahora examinaba como si pudieran explicarme el misterio del hombre y su final? Para el trayecto que se disponía a emprender cuando lo secuestraron, ¿le bastaba con el pasaporte y la acreditación de su agencia, documentos que no pude encontrar y que supuse llevaba siempre encima? ¿Qué sabía yo, pese a mis aceleradas lecturas de las últimas semanas, de los grupos que actuaban entonces en Beirut y de los requisitos necesarios para moverse por un sector u otro, o de un sector a otro?

Desalojé mi mesa, la cama y el canapé, y me dispuse a utilizar sus superficies para distribuir y clasificar los vestigios de Michel Bertrand. No pensaba en dormir, ni en comer.

Amontoné las piezas del puzle, segmentos del más recóndito Michel, un ser humano, no un héroe agigantado por la muerte. Y recuperé, al hacerlo, la primaria emoción que había experimentado en el hotel, cuando Valeria rompió a hablar del periodista y éste adquirió, a mis ojos, la talla del rival inalcanzable. Sentí otra vez antagonismo, ansia de emulación. Quería conocer al hijo de puta, al redentor de esposas mal atendidas, al ejecutor de desesperados juegos bélicos, al superviviente de la guerra que había muerto en algún lugar de Europa, quizá como un novato.

Quería hacerle la autopsia, redactar un dictamen y ofrecérselo a Valeria. Despertarla.

No sabía que Valeria, como Beirut, reanudaba todas las mañanas su sueño.

Ante aquel material, me sentí como Nicolau. Yo tenía un atenuante. Robaba por amor.

Bertrand había sido otro coleccionista de cadáveres, de rastros y evidencias. La diferencia es que él había estado allí. Guardaba incluso copias de las detalladas justificaciones de gastos destinadas mensualmente al departamento de contabilidad de la agencia, así como fotocopias de facturas y recibos. Encontré unos cuantos ejemplares originales.

Un par de horas más tarde tuve mínimamente clasificado y diferenciado todo el material. Aquí, las numerosas casetes de audio; ahí, cuadernos de todos los tamaños, libretas, blocs; la cama, sembrada de papeles de procedencias diversas, repletos de anotaciones, así como recortes de artículos suyos, teletipos, mensajes de la central de la agencia en París, un listado de armas ligeras, de bombas, de misiles, y detalles acerca de sus efectos destructivos específicos; allá, mapas de la ciudad y de Líbano, además de rudimentarios croquis dibujados a mano. Al repasar las facturas –lo que menos me interesaba–, comprendí que las originales correspondían a las últimas jornadas vividas por Michel Bertrand en Beirut, antes de su secuestro. No le dio tiempo a fotocopiarlas. La agencia nunca recibió su nota de gastos de mayo de 1987.

Eran recibos muy poco ortodoxos, la mayoría escritos a mano por el propio reportero y firmados infantilmente por manos poco entrenadas en las lenguas occidentales. Allí estaban las firmas de Habib, de Eloïse (también ellos, siempre ellos), justificando la paga por sus servicios. Otra factura, en árabe, portaba una nota aclaratoria de Michel: «Adquisición de un generador eléctrico». El último recibo, fechado el 24 de mayo, era sofisticado. Papel de calidad y un membrete impreso en francés y nimbado de arabescos: *«Librairie Mondiale, la Pensée Internationale a Votre Portée. Secteur Ain el-Mreissé, près Ambassade de la France, Beyrouth, Liban»*. La firma, junto el sello que certificaba el pago de una escandalosa cantidad de libras libanesas –elocuente muestra de la ruina económica de un país que llevaba doce años en guerra–, era clara: Émile Lahle. ¿El librero de quien Valeria había hablado durante nuestro encuentro? La misma persona había escrito cuidadosamente el título del libro adquirido por Michel Bertrand: *L. C. L. Un affaire d'amour*, leí. Demonios, con el curtido reportero de guerra. ¿Se trataba de un regalo para una nueva amante, para otra lánguida flor rescatada del peligro o del tedio, entre dos crónicas audaces? Me prometí visitar la Librairie Mondiale lo antes posible y hablar a solas con el tal Émile: de Gastón y la cava y, por supuesto, de Michel. Localicé la dirección en mi mapa de la ciudad, la señalé con un círculo. Guardé el recibo con los demás, y lo olvidé.

He aquí al joven Malcolm. De nuevo ha actuado con ligereza.

Lo primero que hice, después de ojear la contabilidad, fue escuchar las grabaciones. La mayoría eran estrictamente profesionales, aburridas entrevistas con políticos y militares que se perdían en circunloquios e hipérboles en torno a ideas en el fondo muy simples: matar y vencer. Había seis cintas en las que aparecía una misma mujer, posiblemente una periodista árabe, y se alternaban cortos monólogos con entrevistas e incluso debates a varias voces y en la misma lengua. Las etiquetas llevaban la inicial «A.», y estaban numeradas del 1 al 6, como las partes de una serie.

Me desasosegaban las observaciones emitidas por Bertrand en medio de tiroteos, emboscadas o bombardeos. *«Vaya, Habib, hoy los chicos han preparado* shawarma *con piernas de falangistas, ¿tienes hambre?»* Dirigiéndose a quien supuse un colega: *«Atención, Gerry, mete tu pelo rubio dentro de la boina o esos tipos acabarán para siempre con tus problemas de impotencia»*. Palabras demasiado hirientes. *«Humm, esta parte no la bombardeamos lo bastante, ¿no te parece?»*

Pero la voz de Michel no era Michel, descubrí, sino su máscara. Sus escritos hablaban por él y de él con elocuencia. Penas internas como cristales sueltos, había dicho Valeria.

Arrodillado en el suelo, perdida la noción del tiempo, contemplé las pistas diseminadas a mi alrededor. Dos revelaciones, dos conclusiones, se abrieron paso a medida que reflexionaba. No había un solo retrato de Michel Bertrand entre aquellos documentos; ninguna fotografía, suya o de nadie, ningún recuerdo gráfico, a no ser que contara como tales las instantáneas de guerra o de ruinas que acompañaban sus crónicas, en ajados recortes de periódicos: fotos de masacres, de la ciudad en ruinas, de milicianos parapetados tras los escombros, de mujeres abrazadas a los muertos; no las había captado él, estaban firmadas por Gerry Milton, sin duda el hombre con quien Michel hablaba en una de las cintas.

Resultaba chocante que ni siquiera figurara una instantánea de fotomatón en lo que quedaba de sus documentos oficiales, en las gastadas tarjetas de identificación, desaliñadas y a la vez pomposas cartulinas, tan cubiertas de emblemas de un signo u otro que no quedaba sitio para los datos del titular, su propio nombre a menudo mal escrito por el burócrata o soldado de turno. Faltaba, pues, una fuente de información. Imágenes. ¿Una omisión intencionada? ¿Por parte de quién? ¿De Nicolau o de la persona a quien éste había robado el archivo?

¿Quién era realmente Fuad? ¿Existía o se trataba de una invención de Valeria? Si vivía en Chipre, no me costaría ponerme en contacto con él. Investigar por mi cuenta. Dejar de ser inducido, empujado. ¿O eso era algo de lo que no podría escapar?

Volví a postergar los interrogantes. No había fotos, y basta. Al menos, no tendría que enfrentarme con los ojos de Michel.

A medida que examinaba el archivo comprendí –segunda revelación o deducción– que aquel montón de papeles desparejos, de sus anotaciones, poseía una vigorosa nervadura interior que comunicaba las piezas, las complementaba, proporcionando coherencia, sentido, tensión argumental. En torno a mí, desperdigado por mi estudio, corría un filamento narrativo, desafiándome como si yo fuera un autor novel postrado ante los elementos de la historia que se me imponía, urgiéndome a elegir. Éste sí, éste no. Michel Bertrand había dejado atrás una vida interrumpida y un diario cuya discontinuidad era sólo aparente, material. ¿Se trataba de un relato de sus vínculos con Beirut, de su inclinación por la ciudad, iniciado antes de establecerse aquí? Que el tipo aprovechara cualquier clase de soporte para escribir sus observaciones, un trozo de papel de váter o el dorso de una tarjeta de embarque, no significaba que no llevara un preciso recuento, no tanto de sus acciones como de sus impresiones y sentimientos.

Ordenar los documentos por fechas era un trabajo de locos. No disponía de tiempo. Tenía que darme prisa. Para llegar a Valeria era imprescindible que, antes, lo supiera todo acerca de Michel.

Había sido fácil calzar en una estricta cronología las pilas de recortes, teletipos, facturas; eran cuerpos diferenciados pero uniformes, pertenecían a grupos, obedecían a códigos establecidos. En lo que se refería a sus notas, sin embargo –ese posible diario íntimo–, no me quedaba otro remedio que seguir mi instinto, a falta de un guía mejor. Descubriría a Michel azarosamente, como los escritores de ficción descubren a sus personajes. Cazando en la oscuridad.

Bertrand escribía con letra diminuta y picuda, usando todo tipo de bolígrafos y rotuladores, y una estilográfica que aparecía de vez en cuando. Su francés era sobrio, similar al de sus crónicas, aunque no siempre. Anotaba la fecha, en ocasiones incluso la hora. No era un diario común.

Al azar, pues.

Hojas sueltas, cuadriculadas, unidas por un clip al posavasos ribeteado en negro de un local llamado Charlie Brown. Fecha: 11 de febrero de 1986, 22.10 h: «*Sé que la agencia me ha nombrado –demasiado tarde– por mis características extra profesionales, más que por mi experiencia en la zona. A la agencia le soy más útil como enviado especial; por otro lado, Roux no desea que su recién ocupado cargo de director se inicie con el secuestro de uno de sus periodistas rubios y galos: sus Thierry, sus Jacques, sus Raymond. Sabe que no dejaré de cubrir las noticias más arriesgadas, siempre lo he hecho, protegido, además, por mi aspecto. Beirut, ¡por fin!, como destino fijo. ¿Para siempre? Siempre es una palabra muy limitada. Fuad: lo mejor de la agencia, un buen amigo desde que lo conozco. Sabe que no voy a actuar como jefe blanco. Le he contado tanto de mí que me resultaría incómodo.., si no se tratara de él, raro ejemplar de compañero en quien se sigue confiando después de una noche de borrachera. Nada en Fuad lo hace proclive a la traición. Es un egipcio único, grácil, irónico. El escepticismo protege su corazón como una cáscara, pero su afecto es tierno como la carne de los primeros pistachos de setiembre. Descreído. Buen bebedor. Su esposa y sus tres preciosas hijas lo esperan en Nicosia, donde lo conocí cuando empecé a rondar, como pude e invirtiendo mis vacaciones, por esta parte del Mediterráneo que el propio Fuad me ayudó a entender. Líbano era el tema estrella de Oriente Medio, y mi amigo prácticamente ya vivía en Beirut, reforzando la delegación de la agencia.*

»*Mi situación afamiliar –¿de qué otro modo puedo llamarla?– debería escandalizarlo, dados sus orígenes y cultura; no ocurre así, por suerte. Seré su huésped mientras busco algo duradero donde vivir. Su apartamento ocupa la cuarta planta de un bloque situado en un pasaje ciego, escondido entre Hamra y la ca-*

lle Adonis. Desde la azotea observo el trasiego de putas de un cubil a otro; en la oscuridad nocturna destellan algunas bombillas rojas y azules, alimentadas por anémicos generadores que resuellan rítmicamente. Esta parte del barrio está poblada de prostíbulos encubiertos y de bares escondidos tras los sacos terreros –con nombres como Pigalle, Boudoir, Saigón, Minnie Money–, y de mujeres oscuras y delgadas, aves perdidas ceilandesas o indonesias, amedrentadas por la guerra tanto como por sus chulos. Durante demasiados años, el proxenetismo rebasó el ámbito del sexo, imponiendo por toda Beirut una versión nueva del oficio, caricaturescamente macabra: los milicianos, los sicarios de las diferentes facciones que operaban como si la guerra fuera un oficio de alcahuetes, y la ciudad, su puta en venta».

Era más de lo que Gastón Nicolau me había brindado en cualquiera de sus escritos. Seguí leyendo.

«Busco vivienda, pues. Me han ofrecido algo cerca de la oficina. Veremos. Añoro el mar de mi infancia, salir en barca con los pescadores y regresar al amanecer, tumbarme en la arena y permitir, conforme la mañana avanza, que los guijarros graben el alfabeto solar en mi piel. Eso fue lo más difícil, emprender el camino que me llevó hasta el norte, el frío, la lluvia, las jornadas cortas. Y dejar atrás esos días de barcas y sardinas al espetón, veranos de sal en la piel y de caminar descalzos por la orilla, los juegos que compartimos D. y yo. D.: el primogénito, el heredero, es un débil, decían los conocidos, los vecinos. Por suerte, insistían, M., el pequeño, ha salido responsable, parece el mayor de los dos.

Nadie imaginó que yo ya tenía planes para eludir las responsabilidades morales, mi seriedad era una trampa, una argucia para que toda la vigilancia se cerniera sobre D., el más superficial, el menos templado, decían, le gusta demasiado vivir del cuento. Y no era ése su problema, sino su frágil naturaleza, su amor por mí. El mundo se le caía encima ante la perspectiva de heredar el negocio. Su inseguridad, las repetidas súplicas. Si tú quieres nos vamos los dos, si tú quieres nos quedamos, si tú me ayudas, si tú compartes mi herencia. Juntos para siempre, ¿verdad?, insistía D., mi peso muerto.

»Fuad me da la razón, sostiene que éste es, para mí, el más apropiado de los lugares, "porque el que no olvida en Beirut sus cuitas anteriores ha sido maldito por los dioses. Incluso a un hombre como tú le es imposible cargar, al mismo tiempo, con su propio pasado y con el presente de esta ciudad. Tiene que elegir. Y tú sabes que siempre elegimos salvar la piel, vivir al día, vivir un día, vivir este día", dice.

»Escogí venir hace mucho tiempo, deba o no el traslado definitivo a los mezquinos cálculos de Roux.»

Al azar.

Reverso de un billete del ferry de Larnaca a Jounié, 13 de setiembre de 1984, 19 h:

«Idiota, idiota, idiota. Es un idiota, Roux. Cree, por tanto, que se llega a Beirut desde México en el tiempo que él tarda en señalar un mapa con su dedo, por tanto, nadie discute su condición de jefe supremo de Internacional, por tanto, ejerce el mando más preocupado por el politiqueo que por la información, por tanto, algún día mandará sobre el resto. Roux ha esperado hasta hoy

para darme la orden. Le pedí hace un mes que me permitiera cubrir el segundo aniversario de la masacre de Sabra y Chatila. Se negó. Ordenó que se encargara de ello nuestro personal fijo. Ya me fastidió el reportaje el año pasado, mandándome a otro aniversario, Chile. La realidad intervino entonces, a la brutal manera libanesa, y cuando volví a París desde Santiago, en octubre, me encontré con una invitación muy especial e inesperada. En lo que a este viaje de ahora se refiere, es obra de la casualidad y de un queso en malas condiciones, ingerido por la mitad de los redactores de la agencia. Sufren una fuerte infección intestinal. Me necesitan. Ya sé: no es lo mismo un segundo aniversario que un primero. Lo primordial es estar aquí. El Doctor se alegrará de verme. Si me pide el recorte del reportaje anterior, le diré que olvidé traerlo conmigo.»

Al azar.

Cartones grandes, brillantes, guardados en una carpeta que parecía contener algo así como las primeras nociones de la lengua árabe para pequeños escolares. Curioso lugar para escribir. La letra de Michel, desvaída por la escasa capacidad de absorción del soporte, anunciaba, en mayúsculas: *PETITS MATINS À HAMRA*, y nada más. Las mañanitas de Hamra, traduje, o mejor dicho, madrugadas en Hamra. Había leído esas palabras hacía pocos momentos, en uno de los teletipos que formaban parte del archivo.

Busqué en el montón. Teletipo fechado el 24 de octubre de 1983, en el que *Michel Bertrand, enviado especial*, dio cuenta de la dramática visita relámpago del presidente

Mitterrand a Beirut a las ruinas del cuartel general de las fuerzas de paz francesas, para consolar a los supervivientes de un sanguinario atentado suicida perpetrado la mañana anterior. En el texto también se hacía alusión a la voladura, ocurrida pocos minutos antes y por el mismo método –conductor kamikaze de un vehículo cargado de explosivos–, del cuartel de los marines. La narración se hacía especialmente emotiva al referir el abrazo de Mitterrand a un superviviente, durante su recorrido por el lugar de los hechos. *«El único gobernante con la sensibilidad necesaria para viajar hasta aquí inmediatamente»*, escribió Michel. Y su letra inconfundible y apretada, manchando los márgenes: *«Enviar pieza de color para acompañar el texto, veinte o treinta líneas, retomando la vieja idea titulada* "Petits matins à Hamra", *el despertar saltando de la cama por la sacudida de los dos bombazos seguidos (aprovechar experiencia de Fuad, que estaba aquí), y comparar con vivacidad cotidiana en Hamra. De paso: mandar tarjeta al Elíseo dándole las gracias a M. por elegirme para acompañarlo. El presidente continúa siendo un seguidor fiel de mi trabajo. Resulta halagador, e incluso útil. Pese a Roux»*. Junto a esta anotación, otra frase, también entrecomillada: *«Mon pays, où la vie est un pays lointain»*[6]. Y, a renglón seguido: *«Tiene razón la dulce poetisa. La vida es un país lejano, aquí en Líbano. Y mi verdadero país resulta más lejano aún que éste al que la muerte aflige sin concederle tregua»*.

No encontré ningún otro despacho donde se repitiera la referencia a las mañanas de Hamra, seguramente no lo escribió, o no se lo aceptaron, o se había perdido. Tuve que conformarme con el esbozo que figuraba en un cuaderno con tapas de hule, fechado en agosto de 1982, durante una estancia de Michel en Managua. A todas luces, una descripción demasiado personal e incluso poética –extraña palabra, aplicada a Bertrand– para que se atreviera a darla a publicar:

«¿Cómo será, cuando el olvido de la violencia por fin la alcance y se una a su amnesia primigenia, cómo será amanecer en Hamra, Al Hamra, la Roja calle ensangrentada en este verano de su peor prueba, el sitio de Beirut Oeste por Israel? O espera Hamra aún, tal como esperaba hace un año, cuando la conocí, a pesar de los tiroteos... ¿Espera Hamra que la guerra se instale como un topo apresurado en otro lugar de la ciudad, para soltar entonces la respiración contenida? ¿Seguirá Hamra leyendo los periódicos que raramente dejaron de salir, las noticias ya antiguas para quienes ese mismo día caerán?

»Cómo será despertar sin culpa, sin memoria y sin pesadumbre en Hamra, Beirut, donde las mañanitas matan más que la aflicción.»

Al azar.

Otro teletipo. Cuarenta y cinco líneas acerca del estado de los campos de Sabra y Chatila. Fecha: 3 de noviembre de 1983. Deduje que, en su visita a Beirut con el séquito de Mitterrand, Michel se las había arreglado para quedarse y acudir, por fin, al escenario de la masacre de septiembre de 1982, cuyo primer aniversario no había cubierto por hallarse en Chile. Leí por encima la nota: una crónica sobre el estado de choque de los supervivientes. Al margen, la letra picuda del enviado especial:

«No se ha publicado. Sabra y Chatila: a la mierda. Ocultárselo al Doctor. Ahorrarle, al menos, la indiferencia de la prensa. "No hay percha –según Roux–. El aniversario ha pasado ya. Puesto que sigues ahí contra mis indicaciones, dedícate a la colonia francesa." ¿Qué quiere que haga, escribir sobre las soirées *en el Este, las visitas al Casino du Liban? A la caza de los hechos, cosechando la noticia. Mierda. El Doctor, uno de los muchos contactos de Fuad, es un buen hombre que estudió su carrera en Valencia. Habla un español inteligible. Él nunca ha estado en América, me pregunta acerca de los paisajes, quiere saberlo todo sobre los árboles, las flores de Guatemala, los volcanes de El Salvador. Necesita mis descripciones para respirar, más allá de las ruinas de Chatila, de sus calles hediondas y sus muros mancillados por la sangre. El Doctor clava sus ojos en lo que queda de la bombardeada Cité Sportive, pero sé que, gracias a nuestras pequeñas charlas, ve Centroamérica. Y respira.»*

Al azar.

Un paquete de hojas de calendario de mesa, atadas mediante cordoncillos, aprovechando la doble perforación. Los pequeños papeles amarillentos cubrían mes y medio, del 26 de octubre al 10 de diciembre de 1981. Bertrand los usó para escribir en ellos horizontalmente, convirtiendo su funcionalidad temporal concreta en una inesperada reflexión sobre el idioma francés, su lengua materna.

¿Su lengua materna? Conforme leía sus anotaciones, mi percepción de Michel Bertrand se ampliaba con nuevos interrogantes.

«Paradoja total, no por sorprendente, menos alentadora. Mi máscara cae, debo integrarme al disfraz general, más utilitario. Líbano, como todo país que ha vivido bajo mandato francés, tiene esta lengua por segunda propia, lo cual, en principio, debería ser una ventaja para mí. No contaba con que la perversidad de los hombres degrada hasta la inocencia de un idioma. Utilizar el francés o el inglés se ha convertido en Beirut en una nueva forma de distinguirse del enemigo, de distinguirlo. Tan parecidos son, los contendientes, que tienen que recurrir a una lengua extranjera para reconocerse como bandos opuestos. Abrir la boca en francés en el sector musulmán es tan perjudicial como hacerlo en inglés en el sector cristiano. Viva Babel.

»Signos, signos, signos. La Línea Verde divisoria, la cruz, la luna creciente. Signos. Rostros rasurados, rostros barbudos. Signos. Lenguas utilizadas como piedras, esgrimidas como armas, lenguas que los combatientes han convertido en cómplices de su desmoronamiento como pueblo.

»Resulta imposible caminar unos cientos de metros sin tropezar con rastros de la lengua que yo elegí para la huida, la lengua de mi libertad. Camino por Hamra y cualquiera de sus vías adyacentes, rue de Rome, de Omar ben Abdul Aziz, rue Cairo o rue Jeanne d'Arc. Se suceden nombres franceses, inspirados por el mimetismo beirutí: La Boutique Parisien, Je t'aime Bijoutiers, Femmes au Printemps, La Belle Mariée, Église des Capucins, Maison de la Coiffure. Pero cuéntaselo a los chiitas expul-

sados de sus tierras, a los hambrientos, a los refugiados que penden de la falda de esta ciudad, cuéntaselo a los milicianos y a los guerrilleros que la han convertido en su campo de batalla.

»Siento nostalgia de mi lengua elegida, de mi lengua libre, así como el deseo de enmudecer el inglés que me permite circular sin problemas, tal como enmudecí mi castellano, o más bien lo transmuté, lo acentué con dejes caribeños, recogidos sobre el terreno.

»Beirut es una ciudad pied-noir, *de identidades desviadas. Un collar de fantasía, que cuelga, medio roto, de un cuello de mujer ensangrentado.»*

No me resultaba difícil imaginar a Bertrand hablando un castellano caribeño, pero no creía que él y Valeria lo usaran para comunicarse. Se conocieron en el Este, ¿en francés? ¿Usaron el inglés durante el resto de su relación, en el Oeste de la ciudad? ¿Hicieron el amor en castellano?

Al azar.

Cuaderno de anillas tamaño folio. Pese a la abundancia de espacio, la aguda letra surgía desde el principio jibarizada, presagiando una densidad que se mantenía hasta la mitad de la libreta, para aflojarse entonces, como si su autor tuviera prisa. Fecha y lugar, otra vez, agosto de 1982, otra vez Managua. Michel se refería a su primer descubrimiento de Beirut:

«Llegué allí en octubre pasado, después de cubrir en El Cairo el asesinato de Sadat. Fuad me convenció para que lo acompaña-

ra. ¿Por qué no? Si sumaba las vacaciones no disfrutadas y los días de libranza que me debía la agencia, disponía de dos meses... Dos meses en el único lugar del mundo donde informar resultaría tan consolador como mandar noticias de mí mismo desde mi propia tumba. ¿Por qué no permanecer aquí para siempre?, me pregunté por primera vez. Nadie me espera en ningún lugar, buen cuidado he tenido para que así sea.

»1981 había empezado mal. No deberían haberme enviado a Madrid, a cubrir el golpe militar. "Las asonadas son cosa de españoles. Conoces el terreno. Son los tuyos, ¿no?", comentó Roux, sin disimular su desprecio. Ni él ni nadie en la agencia sospecharon jamás, y ésta fue mi revancha, que volví a España como lo que ya era, un periodista francés. Del Midi, dije. Inventaba sobre la marcha. Marsella, Aix-en-Provence, Perpiñán... ¿Qué más daba, con tal de no dejar caer la máscara? Mis interlocutores jamás dudaron de mí.

»En la agencia tenían razón. ¿Quién mejor que yo para moverme en Madrid durante las horas posteriores al cuartelazo, durante aquel bache de angustia en que temimos el retorno de la indecencia fratricida? No, no deberían haberme enviado a Madrid, porque una cosa condujo a la otra, condujo al repentino dolor para el que no estaba preparado y al que me llevó mi obcecación, o llámalo curiosidad, pero no lo llames amor, culpa o remordimiento.

»Fue allí donde empezó a germinar la absurda idea de recuperar a mi hijo. Más que recuperarlo, rescatarlo. Durante aquella noche de infinita y sobresaltada espera frente a las Cortes, llegué a pensar que mi tardía reaparición sería bien recibida por L. M., pues conllevaría salvación y libertad. Y pondría a sus pies, a los pies de los dos, el generoso regalo de mi nueva nacionalidad

–obsequio a su vez del presidente Mitterrand, un admirador de mis escritos, quién podría haberlo imaginado durante los veranos al sol en que, secretamente, urdía mi partida–, junto con una bandera menos amenazante y una enseña que complacería hasta a mi furibunda ex novia: liberté, égalité, fraternité. *Ambos seguíamos solteros, en todo caso quedaba la adopción, el reconocimiento, lo que hiciera falta, a cambio de que me consintieran reparar mi ausencia.*

»Demasiados whiskies en el bar del Palace. Controlado el golpe militar, cometí el error de volar a Barcelona. Por teléfono, L. M. había aceptado recibirme. No parecía sorprendida, más bien creí escuchar uno de sus cloqueos de vanidad satisfecha, y yo, aunque con una considerable resaca a cuestas, había conseguido dominar mi ataque de sentimentalismo. Los saludaría cortésmente –seis años sin ver a tu hijo: ¿sentirás por él algo más que cortesía?– y, acto seguido, con toda formalidad, expondría mi visión del asunto. En Europa seguimos con preocupación la situación española –engolaría la voz–, en absoluto estable, cuyo desenlace final... Y si dice que no, no se hable más. Sólo quedaba la curiosidad, me dije, como me digo ahora, pero miento como entonces mentí, me mentí. Pues aunque me picoteaban las preguntas atribuibles a todo inseminador involuntario –¿se parecerá a mí? ¿Me prolongo, pese a todo, en un futuro incontrolable?–, no tomé aquel avión ni me lancé a aquel maldito viaje para reconocer a un hijo, sino para ser reconocido como padre. Y arrinconar la angustia.

»¿Se parecerá a mí? Me repetí la pregunta durante el vuelo, en un intento de conjurar cuestiones más inquietantes. ¿O será como ella?, seguí, elusivamente. Como ella era, me corregí, quién sabe, ahora. La recordaba alta, delgada, pelirroja, dueña

de una belleza intransigente, mentón cuadrado y labios finos, y unos ojos verdes fuera de serie, los ojos y las piernas más impresionantes de la universidad. Conseguir a L. M. se convirtió en una asignatura más, la menos comprometida, creía yo por entonces. Y durante unos meses lo fue, o pareció serlo. En el siniestro ambiente de principios de 1975, la combinación de rojo y verde, más sus preciosas piernas y el detalle de que L. M. practicara el amor libre representaron durante unos meses la única bandera que un estudiante de veintiún años podía seguir sin miedo a equivocarse. Resultó un desatino, aunque supe desertar a tiempo. Y esta vez por partida doble. O triple. Hijo, hermano, país. Nada me detuvo.»

Un momento. Releí los dos últimos párrafos, en los que el hombre me había conducido de Beirut al Palace. ¿Mentón cuadrado? ¿Esas iniciales, L. M.? Y el color de su pelo, que le había ganado un mote –la Zarza Ardiente– entre mis compañeros de clase; su hermoso cabello, aventado finalmente por el exceso de quimioterapia. Las piernas perfectas de L. M. resistieron un poco más, de hecho se convirtieron en el tema favorito que atacábamos con desesperación médicos, enfermeras, mi padrino, amigos, visitantes, y yo, su aciago hijo, para entregarnos al disimulo y la negación: «¿Qué dices, insensata? ¿Cómo vas a morir, con esas piernas estupendas que echarán a andar en cualquier momento, ya lo verás?».

Seguí leyendo, más despacio. Con los ojos nublados.

«Pero la paternidad no asumida arroja un lazo de largo alcance. Siempre captura a su presa. No hubo concesiones durante mi breve visita a la pelirroja ofendida, igual de guapa y más altiva que en nuestra juventud. L. M. permitió que conociera a mi hijo –no que él me conociera a mí: me presentó como a un amigo lejano– para que yo, el réprobo, el acusado, pudiera apreciar la solidez de su experimento. "¿Lo ves? No te he necesitado. Él no te necesita", susurró, en el pasillo.

»A los veintiocho años, soy padre de alguien a quien no voy a recuperar, ni a salvar de hipotéticos enemigos, alguien de cuyo abandono nunca podré redimirme. L. M me dio una foto. Eso fue todo.

»Mi hijo se parece a D., no a mí.

»Beirut, capital del olvido.»

Respiré hondo. ¿De dónde eres, Michel Bertrand? ¿Cuál es tu nombre? ¿De quién hablas? ¿Qué hijo, qué mujer? Tenía la respuesta, en forma de recuerdo. Yo en mi cama, la cabeza bajo las mantas, escuchando, temeroso de ser descubierto, como siempre. Una voz masculina: «Este país no es seguro, los militares siguen al acecho, volverán cualquier día». Y mi madre, chillando: «¡Y tú lo vas a arreglar! ¡Tú, precisamente, tú!».

Indicios. Piezas del puzle. ¿Michel Bertrand, mi padre? No me atreví a verbalizar la sospecha, o más bien la certeza, y sentí mi voz subterránea contaminada para siempre por la voz que, horas antes, había escuchado en las cintas.

¿Dónde están las pruebas?, inquirí. Yo era la prueba. Mi presencia en Beirut.

¿Quién me envió o me atrajo, quién me condujo hasta mi sangre?

Al azar.

Tarjetas postales. Beirut coloreada, antes de las ruinas. Coches de los años sesenta –faros agresivos, tímidos alerones–, aparcados en la Corniche («*Nouveau quartier Raouché*», reza la leyenda, al dorso). Imagen nocturna y aérea de una plaza inmensa, tres veces más ancha que la Rambla de Barcelona y que, como ésta, desemboca en el mar; palmeras, luces, mucho neón, y al fondo, el puerto, separado de la plaza por un edificio majestuoso, un cine. La postal resplandece como una joya antigua. He visto esa plaza hace poco, me dije. Y ya no es una plaza, sino una explanada por rehabilitar. Escrito al dorso, Michel Bertrand señaló: «*Enero de 1987. Encerrado en Chatila, resistiendo con los suyos uno de los peores asedios fratricidas que ha tolerado esta ciudad (libaneses musulmanes, chiitas de Amal, contra refugiados musulmanes palestinos y sus muchachos armados), el Doctor no duerme, pasa hambre, no tiene qué fumar y también carece de medicación para los jóvenes que mueren a diario. Me comunico con él y los demás por radio. Si le mostrara al Doctor esta vieja postal del Montecarlo de Oriente Medio, se echaría a reír. O se la fumaría*».

Muchas tarjetas. Al azar. Una calle estrecha, repleta de floristerías ambulantes: «*Marché des fleurs à Bab-Edriss*». Consulté mi mapa. Bab-Edriss era un terreno recalificado como zona residencial, aún por construir, situado cerca del palacio presidencial, el Serrallo. «*Enero de 1987. La joven que se aleja, de espaldas, en primer término, caminando entre gladiolos, nardos, rosas, claveles. Podría ser mi madre, un día de feria en La Bisbal, a principios de los cincuenta. Sigue soltera a los treinta años. Cabizbaja, con un libro en la mano, se dispone a conocer al hombre a quien nunca amará, a tener la familia en la que siempre se sentirá extraña. No puede ser: la postal es de los sesenta, el moño abultado, la falda demasiado corta y algo acampanada. Mi madre no llevaría cualquier libro, sino un misal. Y el hombre de la esquina, que podría estar esperándola, usa un peinado estilo Beatle y es demasiado joven y poco rústico para convertirse en mi padre, para conformarse con una humilde modista solterona.»*

Hotel Commodore. Un bloque alargado, airoso, blanco; la piscina esmeralda en forma de riñón, el jardín: arbustos de color verde clorofila, parasoles azules, tumbonas de lona roja. *«Enero de 1987. Obsérvese, al fondo, la calle Baalbek, con edificios todavía en construcción. Años prósperos, los sesenta. El hotel, hoy: convertido en cuartel sirio, con sacos terreros en la puerta, su oscuridad interior. No creo que usen la piscina, salvo para orinar.»*

Metidas en un sobre grande, dos tarjetas panorámicas, idénticas, cada una con seis recuadros reproduciendo otras tantas zonas beirutíes que, en aquel mi noviembre de 1998, se encontraban desaparecidas bajo las nuevas estructuras, o en desenfrenada reconstrucción. La leyenda central, *«Greetings from Beirut»*, campea sobre Raouché, *la place des Martyrs*, la zona de hoteles –*The Libanese Riviera*–, la avenida de los Franceses, una mezquita otomana. Y la única imagen que posiblemente resiste aún su enfrentamiento con la realidad actual: la sala principal del Casino du Liban, sus bailarinas ataviadas a la Folies Bergère, su cantante vestido de lamé azul celeste flanqueado por dos sirenas en fucsia. «*Enero de 1987. Primer regalo de Alia, este conjunto de postales del paraíso oriental en versión Côte d'Azur. También Alia, hija de un intelectual chiíta moderado y de una ortodoxa griega procedente de una arruinada familia de negociantes, se mueve con precaución en el estropicio creado por la realidad, y habla de venirse conmigo a París, a triunfar como modelo o como actriz. ¡A París! Mi primera huida, mi primera máscara; París ya no me basta. Este regalo de Alia, imágenes perdidas, habla de su añoranza del mundo que no conoció, y del temor que le produce ver en qué se han convertido su ciudad, su propia familia dividida por diferentes interpretaciones del nuevo fanatismo. París, triunfar, el cine. Alia, Alia, Alia.*»

Unos golpes en la puerta interrumpieron mi lectura. A tiempo para aplazar, también, nuevas y desconcertantes preguntas. ¿La Bisbal? ¿Cataluña? Y la tal Alia, ¿era la periodista de la media docena de casetes marcadas con una A.?

–¿Molesto? –Gastón abrió la puerta de mi estudio y asomó su rostro recién afeitado.

–¿Qué hora es? –pregunté.

Mi mente estaba en otra parte, tratando de procesar la información recibida –¿al azar?– durante las últimas horas.

–Más de las cuatro. No has comido desde ayer, pero no he querido que Eloïse te molestara subiéndote una bandeja. Sé cómo te pones cuando te distraen. Me voy al aeropuerto. Habib ha venido a por mí, está abajo, esperándome. Parto hacia el Egipto milenario. Voy a dejarte en paz durante unos días, para que no me llames pesado, para que me añores –sonrió, con su habitual coquetería–. He aceptado una invitación para disertar sobre mis experiencias en el colegio español de El Cairo. Una nadería, y también una excelente ocasión para comprobar qué tal sigue la nariz de mi esfinge predilecta. No te había dicho nada porque, con las emociones últimas, se me olvidó. O quizá es que ya no tengo la cabeza de antes... No, eso es una tontería, querido mío, mi cabeza funciona tan bien como mi corazón. Algún día te invitaré, estoy seguro de que disfrutarás de mis viajes tanto como yo. Y, mal me está el decirlo, tendrás a tus órdenes a un introductor excepcional.

Recorrió la habitación con la mirada.

–No pierdes el tiempo, Malcolm. –Dio un paso hacia mí–. ¿Necesitas ayuda?

–No, no te entretengas. Vamos, te acompaño.

Me levanté de un salto, y lo sujeté por los hombros, interponiéndome entre él y lo que quedaba de Michel. Me rodeó con sus brazos y adelantó los labios para besarme. Ladeé el rostro, y su beso se estampó a un centímetro de mis labios.

–Tuviste una gran idea, hay material muy bueno –afirmé, y por una vez no mentía.

–¡En efecto! Lo hay realmente, mi primerizo Malcolm –me miró con glotonería, y tuve la certeza de que no hablábamos de lo mismo.

–No todo y no siempre; hay papeles muy personales, que difícilmente podremos utilizar –respondí–. Algunas partes son muy aprovechables, sobre todo en materia de ambientación.

Asintió, más complacido que nunca.

–La ambientación, sí, señor, un factor fundamental. En la literatura como en la vida. Y dime, Malcolm, ¿no te parece el Levante el escenario más idealmente escénico para la exaltación de los sentidos?

–Para cuando regreses, tendré preparado un esquema de nuestro libro.

Lo dije por decir. O tal vez me creía capaz de hacerlo, todavía dueño de mí.

–A tu padrino le va a encantar. No hace más que mandarme mensajes preguntándome cómo vas. No he querido contestarle, no vaya a pensar que estás perdiendo el tiempo.

Salimos a la calle.

Habib, al volante de su Mercedes, me miró sin decir nada. Sólo hizo un gesto rápido, un fruncido de ojos, acompañado por un leve movimiento lateral de cabeza, señalando la casa. Tal vez quiere verme luego, tal vez tiene un mensaje de Valeria, pensé.

–Estaré fuera cuatro o cinco días, una semana, a lo sumo –dijo Gastón–. Como el nuevo encargado de cultura de la embajada de España es amigo mío, efectuaremos juntos esa excursión a Luxor que le prometí a su llegada, actuando yo, ejem, como guía de luxe, ja, ja. Es una buena época para viajar por el Nilo sin que los mosquitos jueguen a embalsamarnos. En cuanto a ti, ¿necesitas algo? No te faltará entretenimiento, ¿verdad?

–Descuida. No abandonaré la casa. Tus tesoros son más apasionantes que una película.

Y por primera vez era sincero.

Malcolm, el ayudante. El colaborador. El doble. El desleal. Malcolm, el hijo. El Mercedes desapareció de mi vista, girando a la izquierda en lo alto de la cuesta y llevándose el afable rostro de Nicolau, pegado a la ventanilla posterior como una calcomanía.

Alguien gritó mi nombre desde el interior de la casa. Era Selim. Lo encontré en su despacho, en una de las diminutas estancias que daban a la sala. Vestía de oscuro y mostraba la compostura solícita de un conserje de hotel. La sumisión de otros, ¿formaba parte de los placeres de Nicolau? Selim llevaba las uñas de ambos meñiques largas y cuidadas como las de una bailarina balinesa. Las usaba para manejar diestramente hojas y ficheros. Zip, zip. Su asidua presencia en «Villa Encore» no llamaba mi atención. Era el contable.

Formuló las cortesías árabes preliminares, me ofreció asiento al otro lado del escritorio y, sin perder su sonrisa obsequiosa, fue al grano:

–¿Cuánto tiempo *más* piensa quedarse en Beirut, señor Mestre?

Permanecí en silencio. No deseaba buscarme problemas. Selim juntó sus finas manos y aleteó las patas de cangrejo de sus meñiques.

–Le interesan mucho esos papeles.

La mirada del contable se hizo más escrutadora.

–No se sorprenda. No hay nada acerca del señor que yo no sepa. Nada. *Monsieur* no debería haberle proporcionado esos papeles. Tampoco me gusta que escriba sus memorias. Lo que se encuentra bajo tierra debe continuar allí. No debemos violentar el sueño del pasado.

Recordé las palabras de Valeria. De modo que era eso. El hoy respetable padre de familia temía que las confidencias públicas de Nicolau amenazaran su actual reputación.

–Tranquilícese –respondí–. No creo que Gastón revele grandes secretos, ni siquiera pequeños. Ya sabe cómo es él. Lo académico, por encima de todo. El suyo será un libro erudito, paisajístico. Estos nuevos documentos nos vendrán muy bien. Tienen color local.

–Temo no haberme expresado con precisión –me interrumpió–. Verá, no me opongo a que el señor escriba sus memorias, sino a que lo haga ahora y con su ayuda. Usted apenas se ha fijado en mí. Y, sin embargo... En Beirut, los hombres que manejamos dinero, aunque sea el de otros, sobre todo si es el de otros, gozamos del respeto de la comunidad. Cualquier comunidad. ¿Lo entiende? Debería dedicarme más atención, señor Mestre. ¿O puedo llamarlo Malcolm? ¿Malcolm Bertrand?

Sin dejar de mirarme ni de sonreírme, repasó con la uña del meñique izquierdo las fichas apiladas en una bandeja. Zip, zip. Demostración de virtuosismo y también exhibición de control, de poder, la clase de atribuciones que acumulan los hombres grises en empleos tan oscuros como su uniforme de trabajo. Traté de imaginar quién era Selim, lejos de «Villa Encore». Su aspecto en privado, vestido quizá con una de las chilabas desechadas por Gastón, sentado a la espera de un narguile preparado por su mujer, con su par de largas uñas en reposo o extrayéndose con ellas la cera de los oídos. Maquinando nuevos métodos para lucrarse.

–¿Quién es usted? –pregunté, tratando de mostrarme agrio: un amo.

El hombre adoptó una mueca adusta y se palmeó las manos con fuerza cruzándolas en un movimiento de ida y vuelta. Conocía su significado en el protocolo gestual. Basta, basta. No me toques las narices.

–Es su identidad la que está en disputa, no la mía –argumentó, más calmado–. No me menosprecie, señor Mestre. Quiero ser amable con usted. Y, ya que le interesa, le diré que nací en una pequeña aldea cercana a Nabatiye. Provengo de una familia campesina. La guerra nos obligó a refugiarnos en Beirut, como a muchos otros. He pasado privaciones y he crecido en las calles. No creo pecar de vanidoso si le digo que poseo la astucia de la gente del campo y el instinto de los gatos callejeros. Debo añadir que tuve la fortuna de conocer a *monsieur* a la edad en que podría haberme perdido a causa del hambre y la rabia. Él se convirtió en mi protector, cuidó de mi educación. A cambio, siempre lo obedecí.

–¿Incluso cuando le enviaba a robar los documentos de los muertos? ¿Los archivos de Michel Bertrand?

–Llámelo padre, por mí no se prive. –Entrecerró los ojos–. También lo sé todo acerca de usted. ¿Le extrañará si le digo que lo estaba esperando? Conozco «Villa Encore» mejor que su dueño, mejor que los sirvientes. De joven fui su *valet de chambre*, ahora me encargo de sus finanzas... Entro en su ordenador con su clave personal y recorro la casa a cualquier hora, descalzo, buscando pistas.

–¿Qué clase de pistas? –pregunté, desconcertado.

–Se mete en enredos, sin mí se mete en muchos enredos... Lo de usted, por ejemplo. Lo que lo ha traído aquí. He leído la correspondencia electrónica que su pariente, el editor, estuvo enviando antes de su llegada. Nada sospechoso, excepto... ¿Por qué tanto interés en mandarlo a Beirut? ¡Y su edad, su lugar de procedencia, Barcelona! Todo concuerda con los diarios del periodista.

–¿Qué quiere decir? –Me revolví en la silla.

–Interesante caballero, Michel Bertrand. Supe que murió. Lo acompaño en el sentimiento. No me mire así. Leí sus papeles, ¿cómo no iba a hacerlo? Sentía curiosidad, necesitaba averiguar si había escrito algo acerca del señor. Las cosas no habían ido demasiado bien entre él y Nicolau, pero usted ya lo sabe, es la razón de su viaje. ¿Quién lo mandó venir? ¿La mujer? Lo seguí la otra noche, vi que iba a su encuentro. ¿O fue su padre quien lo puso en el camino? ¿Llegó a conocerlo?

En su última frase, sorprendentemente, detecté la compasión formal de un extraño.

–No –acepté–. No lo conocí.

Me sentí aliviado. El alivio del hijo ante el contable. Impersonal, oportuno.

–¿Es lo que cree? ¿Que no conoce a su padre? Todo lo que ha leído, sus palabras, ¿no le bastan? –preguntó.

–No lo sé, Selim. –El otro aprobó con un signo que lo llamara por su nombre, y yo continué–: También ignoro por qué estoy aquí, quién me ha conducido hasta «Villa Encore». Los papeles, mi padre, todo ha sido un descubrimiento para mí.

–¡Más vale tarde que nunca! Así que no sabe nada más. –Se echó a reír, y me pareció que ahora el aliviado era él–.

Eso explica las caras que ponía conforme iba enterándose. ¡Qué expresiones, tendría que haberse visto! Muy divertido.

–¿A qué se refiere?

Recostado en el respaldo del sillón giratorio, Selim tamborileó el borde de la mesa con las uñas de sus meñiques. Volvía a ser el hombrecillo regocijado por su talento para la intriga.

–Lo he visto. «Villa Encore» esconde numerosos agujeros en la pared –dijo–, pequeños orificios que revelan lo que hace un invitado cuando se cree a solas. Muy oriental, apuesto a que se lo parece. La leyenda, siempre hay una, nos dice que el hombre que construyó esta casa tenía una hija muy hermosa, a la que amaba digamos que en exceso. La historia tuvo un mal fin, porque mientras el hombre espiaba la desnudez de su amada hija, su esposa lo vigilaba a él. Hubo un baño de sangre.

–¿Me ha espiado usted? ¿Por orden de Gastón? –Aquello era el colmo.

Mis desahogos eróticos, ¿expuestos a la mirada del contable? ¿También Gastón usaba los observatorios? ¿Acechaba Selim a su patrono, mientras éste me controlaba a mí?

El hombre cambió de nuevo el tono. Pensativo, como si el tema le preocupara seriamente, me preguntó:

–¿No cree usted que fundar un hogar y cuidar de su familia es el deber más sagrado de un hombre? La única seguridad, la única firmeza en este mundo desequilibrado. Me gustaría mucho que me hiciera el honor de venir a mi casa, como invitado. Le presentaría a mi esposa, a mis hijos. Mi mujer pinta, ¿lo sabía? ¡Versículos del Corán sobre un fondo de flores secas! Ha pintado también a Shakespeare. «¡Ser o no ser!» En árabe gana mucho. Si me distinguiera con su estimada visita, podría apreciar lo que *monsieur* ha hecho por nosotros... Gracias a él, hoy puedo trabajar para cualquiera. Es lo que hago. En realidad, Gastón Nicolau no constituye mi única ni principal fuente de ingresos. Con los años, el hombre sabio se ha convertido en una carga.

–Entonces, ¿por qué sigue con él?

Puso los ojos en blanco.

–Lealtad, protección. Pagar mi deuda. Librarlo de las consecuencias de sus equivocaciones. Sin mí estaría perdido. Tiene unos gustos peligrosos... Usted, por ejemplo. ¿Ha venido aquí para recuperar los archivos de su padre? De acuerdo, hágalo. Lléveselos. Ahora, hoy. Desaparezca. Sin que él sufra. *Monsieur* ha depositado grandes esperanzas en usted. Ha sido para él como un elixir de rejuvenecimiento. Se presentó aquí con su vitalidad, su apostura y un proyecto bajo el brazo. ¿Cómo no iba a sentirse halagado? ¿Y por qué tenía yo que sacarlo del engaño, revelándole que es usted hijo de una de las personas que él más detestó? Gastón no se resigna al paso del tiempo. Y no resulta fácil envejecer en Beirut, cuando se está solo y se es extranjero. También a mí me quiso mucho.

Tosió y se pasó la mano derecha por el cabello, como si tratara de detectar los estragos ocasionados por Cronos desde que se los tocó por última vez.

–Hace años, sí, muchos años, que no lo veo tan ilusionado.

Unió las manos sobre el estómago e inclinó la cabeza, lo

que me permitió observar que su pelo, tan pulcramente domesticado por delante, exhibía una considerable calva en la coronilla. Suspiró y, como si hubiera tomado una dura determinación, me miró a los ojos y, rápidamente, desplazó el sillón giratorio hasta ofrecerme su perfil izquierdo.

–¿No lo nota? –susurró, mirándome de reojo–. Debo de haber envejecido más de la cuenta.

De pronto, comprendí.

Selim, el centinela mudo, la mirada de mármol clavada en el interior de la casa. Selim, el guardián.

–¡El efebo romano! ¡Es usted! –grité.

Asintió, complacido.

–Muy desmejorado, presiento. *Monsieur* tuvo la amabilidad de encargar el busto a un escultor de Tiro, especializado en falsificar antigüedades. Lo hizo al poco de saber que mis padres me habían encontrado una buena esposa. Gastón quería recordarme tal como era, tal como fui para él.

Otro silencio meditabundo, tal vez nostálgico. No hice preguntas. Me había convertido en el depositario de las narraciones ajenas. Él volvió a su postura anterior, juntó de nuevo las manos, aleteó las uñas. Habló:

–Me dijo que, en adelante, yo sólo sería para él una cabeza. Nada más. Fue su regalo de bodas. Conformarse con tener mi efigie en el jardín y permitir que viviera mi propia vida, la que estaba destinado a vivir, la de mi conveniencia. ¿No voy a protegerlo, en su vejez? Y usted, alguien que dice ignorar las razones por las que se encuentra aquí... ¿Cómo puedo creerlo? Un día u otro le hará usted daño. Váyase, déjelo en paz.

–¿Es una advertencia?

–No me atrevería. Y menos, si piensa usted quedarse en Beirut. Necesito nuevos clientes, ¿comprende? Dele una ruptura rápida. Sea bueno con el señor, como yo lo fui. –Carraspeó y cambió el tono de su voz–. Ah, casi me olvido. Habib ha dejado un mensaje. Quiere que lo espere. Es decir, que consienta en favorecerlo esperándolo hasta su regreso del aeropuerto.

Untuoso, servicial. ¿Un pícaro?

Al azar. ¿Al azar? Ya no.

Necesitaba los últimos escritos de Michel. Busqué furiosamente, mezclando los montones, ya nada me importaba ni el orden ni la cronología. Quería el final. Su final. Lo encontré en un cuaderno de tapas verdes, adquirido en Beirut, en una papelería de la rue Bliss. Mi corazón se aceleró al leer la fecha: 16 de mayo de 1987. Su último mes en libertad, y el primer párrafo: *«La discusión de costumbre, acerca de Beirut, con la acostumbrada y terca Valeria»*.

¡Valeria! Impaciente, revisé las páginas que seguían. No más de diez, escritas de un tirón, ahora la letra era grande, descuidada.

«No nos veíamos desde la noche en que la paseé en moto por la línea de demarcación. Mejor dicho, desde la mañana siguiente. Cuando desperté, ya se había marchado. Me zumbaban las sienes, ardía mi estómago, necesitaba aspirinas, bicarbonato, al menos una cerveza fría. No recordaba qué le había dicho la noche

anterior, o qué no le dije; a ella le molestan más mis silencios que mis palabras. En siete días no había tenido noticias suyas, toda una novedad. No es que lo lamentara. Yo tenía otras preocupaciones. Por otro lado, sabía que el enfado de Valeria pasaría pronto. Beirut y sexo es lo que nos une, y a menudo no distinguimos la una del otro, el paisaje y los sentidos se confunden. Sexo seco y mortal, el nuestro. Fuimos al Back Street, deteniéndonos cada diez metros para dejarnos examinar en los controles. Aparte de los soldados, no circulaba gente por las calles iluminadas por la luna. Makhul St. también aparecía desierta pero, dentro del local, la vida nos bañó en forma de ruidosa bienvenida: música –al piano, Costas, barman y el mejor jazzman de la ciudad–, charlas, tintineo de copas, el sonido del licor al ser vertido sobre el hielo, el crujido de los cubitos al resquebrajarse. Lleno total. Back Street había sido tomado por los periodistas extranjeros que aún permanecemos en Beirut Oeste, y algún que otro árabe, como Fuad.

»Ocupamos una de las mesas y nos enzarzamos en nuestra acostumbrada discusión acerca de Beirut. "Esta ciudad abre los brazos y también las piernas –le dije–. De estos y otros contrasentidos emana su seducción. Amamos su caos irresistible, físico y moral. Su alma venal, sus ubres maternales. Un día u otro, sin embargo, la ciudad nos expulsa."

»"Eso no, eso nunca –replicó–. Cuando ya no quede nada quedarán las piedras. Y cuando las piedras hayan desaparecido quedarán las rocas, los acantilados. Ha ocurrido ya. Los hombres creéis en la prepotencia de las tormentas, del agua, de la lluvia y las guerras. Yo sé que nada, ni siquiera el mar, tragándosela, borrará a Beirut del mapa de nuestra memoria. Esta ciudad vive aún gracias a sus mujeres."

»Al salir del Back Street, nos sorprendió una refriega. Corrimos como locos por Jeanne d'Arc, doblamos en Hamra hacia Baalbek, los disparos sonaban detrás de nosotros. De golpe, ella tiró de mí y me hizo caer en el interior de una de las muchas galerías comerciales medio abandonadas. Estábamos borrachos. Bastante borrachos. Muy borrachos. Rodamos por varios escalones, hasta que el suelo nos detuvo. Ella quedó encima, jadeando en la oscuridad. Sus manos desabrocharon mi pantalón y condujeron el asunto hasta donde debía, después guió las mías, apresuradamente por debajo de su jersey, y las dejó prendidas de sus pechos. Los estrujé, entregándome a su rabiosa improvisación, dejando que me hiciera el amor sin besarme ni mirarme, la Valeria más deseable y menos comprometedora, su cabeza de gitana echada hacia atrás y su boca abierta, una magulladura. A sus espaldas y un poco por encima, a la altura de la calle, la vidriera de un escaparate lucía los resultados de disparos antiguos. Iluminados sesgadamente por la luna, vi varios estantes surtidos con bolsos de mujer y grandes gafas de sol cuya montura de pasta parecía fluorescente. Recortándose contra la cristalera, la agitada melena de Valeria parecía un objeto más a la venta, con la indispensable etiqueta "Tax Free!" *brotando de sus rizos, mujer de roca viva en oferta. Poco antes de vaciarme, alcancé a leer el nombre de la tienda, en lo que quedaba de un rótulo: Les Princesses de Paris. "¿Alguna vez podrás fornicar en un lugar normal, tranquilo?", le pregunté, al despedirla en su portal. "Fornicar, sí. –Respondió, lacónica–. Amar de amor, no creo." Y cerró la puerta.»*

No encontré escritos posteriores a éste. Michel Bertrand, mi rival. Mi padre.

Esperé a Habib apoyado de espaldas en la tapia, en el mismo lugar donde Valeria me dio la bienvenida a mi llegada, dos meses atrás. Era una tarde menos calurosa, benigna, y ya empezaba a oscurecer. Noviembre. Las ramas del ficus gigantesco, atrapado en el asfixiante jardín como yo en los secretos ajenos, se fundían con la avanzadilla de la noche. Reconocí en mí la postura, la actitud que entonces vi en Valeria. Recostado como ella en el muro, manos en los bolsillos. En actitud de espera.

Así me encontró Habib. Paralizado. Se excusó por la tardanza:

–Detenido momentito en casa, mi mujer tiene madre enferma, necesita que la lleve al pueblo. Le he dicho que hoy imposible, mañana temprano. Siempre enferma, siempre. No va a morir hoy. Y, además, tráfico, tráfico, ¡válgame Dios!

Subí al Mercedes. Habib dijo:

–Señora Valeria quiere hablar contigo.

Y yo con ella, pensé. Más tarde.

–Llévame al Back Street –lo interrumpí, sujetando el volante y su mano velluda a la vez.

–Humm –arrugó las cejas–. Se va a enfadar.

Obedeció, no obstante. Me pregunté si habría sido instruido para seguirme la corriente, cualquiera que fuera mi reacción a su propuesta. Si allí nada era como aparentaba ser, empezando por mí, ¿por qué no sospechar de Habib? ¿Me vigilaba también él? Yo no había bajado a la cripta de «Villa Encore» con el objetivo de buscar la carta de Michel; había sido conducido al centro de mi historia. Algo que Valeria había planeado. No sin ayuda. ¿De quién, cómo? ¿De Gastón? ¿Era su enemistad una farsa en la que habían participado el viejo y sus sirvientes? Desconfía, me dije. ¿Cuáles fueron las palabras iniciales de Valeria? «Como todos, aquí. Pompas de jabón aisladas en burbujas de aire», había dicho.

Todos mienten. Todos mentimos.

Ascendimos hacia Hamra, serpenteando entre bocinazos de impaciencia y estertores de organismos metálicos al acelerar y frenar. Una riada de automovilistas trataba de abandonar los barrios congestionados para alcanzar las autopistas que conducían a las zonas residenciales del norte, el sur o a las cercanas montañas. Hora del regreso al hogar. Selim, ¿dónde tenía el suyo? ¿En qué lugar de la ciudad lo aguardaba una mujer de roca que pintaba frases de Shakespeare en árabe, mientras su esposo concebía triquiñuelas?

Nuestro coche quedó varado en Hamra, al lado del Café de Paris. Con Habib silencioso a mi lado, contemplé la mal alumbrada terraza y el interior, turbio como una pecera. Desde sus mesas, los parroquianos nos examinaban con aburrido escepticismo, como si sus deseos de disfrutar de un buen espectáculo a nuestra costa se hubieran visto defraudados, una vez más. Quizá su sentido del drama había sido alterado para siempre por la tragedia vivida en el pasado no tan lejano, me dije. Quizá deseaban una pelea, un accidente, un atropello, la súbita intervención de una ambulancia o un coche de la policía, el paso trepidante de una caravana de coches oficiales con sus escoltas motorizadas, un atentado, ulular de sirenas, cualquier cosa que pudiera arrancarlos de su inmovilidad de pinturas rupestres, de su decepcionada pertenencia a las páginas ya vividas de la historia.

El atasco era consistente. A los ruidos del tráfico se habían unido rezos de muecines, repiques de campanas de la cercana iglesia de los Capuchinos y ríos de música oriental, lamentos de laúdes mezclándose con una cóncava insistencia de timbales. La suma de aquel estrépito formaba una membrana de la que resultaba difícil escapar. También yo era un espectador. Hamra me envolvía sin tocarme. Si alguien me hubiera preguntado dónde estaba y cómo era el mundo alrededor, no habría acertado a responder. Nada de cuanto sabía de la ciudad procedía de mi observación personal. Durante dos meses me había limitado a recibir la Beirut de los demás, la experiencia de los demás. Enclaustrado en «Villa Encore», dependiente de Gastón, Valeria y Habib para mis salidas al exterior, me había limitado a absorber sus palabras. Me dirigían al pasado. Su pasado. También el mío, como había descubierto leyendo a Michel Bertrand.

No me encontraba en la Hamra de finales de 1998, sino en cualquiera de las Hamras que había conocido el hombre que fue y no fue mi padre.

Vive, Malcolm, vive, me dije. Ahora. No puedo, me respondí. Todavía no. Quedan muchas preguntas.

Por fin Habib consiguió doblar a la derecha y, en algún momento, a la izquierda. Detuvo súbitamente el coche, puso el freno de mano.

–Aquí lo tienes. Tu Back Street. Cerrado. Abandonado. Hecho una ruina.

–¿Alguien tiene la llave? –inquirí al salir del coche, después de cerrar dando un portazo.

Traté de imaginar que, al otro lado de la puerta metálica retorcida y cubierta de pintadas en árabe, alguien interpretaba unas notas de jazz al piano.

Habib se encogió de hombros.

–Nada de lo que buscas hay dentro tienda, sino aquí. ¿Dolor aquí? –se golpeó el pecho.

–No busco. No duele –repliqué secamente.

Era obvio que media Beirut sabía de mí más que yo mismo.

–Si quieres, ahí al lado hay un sitio parecido, el Blue Note. La calle Makhul estaba llena de bares así, antes. Pubs ingleses, música occidental.

Me sentaría bien un trago. Además, convenía que elaborara una estrategia de ataque, antes de acudir a mi cita con Valeria. Un poco de alcohol ayudaría. El hijo de mi padre descubría que le gustaría beber. Me pregunté hasta qué punto bebió él y hasta qué punto llegaría a beber yo. De momento, quería emborracharme hasta desplomarme frente a un escaparate, en los brazos de una mujer perfumada con *Plaisirs Démodés.*

El Blue Note era agradable y carecía de morbo. Parecía uno más entre esos establecimientos juveniles que se dan en cualquier ciudad centroeuropea –Barcelona es, en muchos sentidos, más centroeuropea que mediterránea–, un sitio de recreo para jóvenes aficionados a los viajes solidarios, dotado de música étnica y de plantas colgadas del techo. La diferencia es que aquí la música era jazz. Otra clase de etnia. Estás al otro lado, Malcolm. En tu otro lado.

Me senté a la barra, con Habib a mi derecha. Pedí un whisky de cualquier marca y el chófer pidió otro.

–Creía que los musulmanes no podíais beber.

Sonrió.

–Los drusos somos especiales. La nuestra tiene lo mejor de cada religión. Nuestros mandamientos son tan secretos que ni nosotros mismos sabemos qué es lo que no podemos hacer.

–¿Y cómo os las arregláis?

–Fácil. Obedeciendo jefe. ¿No es lo mismo en tu país?

–¿Qué jefe? ¿Gastón?

Chasqueó la lengua y alzó la cabeza:

–*Monsieur* sólo empleador. Jefe es persona que manda en drusos; otros mandan en sunitas, otros en chiitas, otros en maronitas... Es el padre. Él nos ayuda, nosotros lo ayudamos. Líbano está lleno de padres, de jefes.

Una ciudad sofisticada y feudal. Capital del olvido. Olvidar huyendo hacia atrás, siglos atrás, sin perder su ritmo sincopado, su vértigo animoso.

Beirut, capital de los padres. Pedí otro whisky.

–Y Valeria, ¿qué es para ti? –pregunté.

–Amiga. Buena conmigo, con nosotros.

–¿Vosotros?

–La gente. Ella sufrió aquí. Pudo irse. Quiso ser una más.

–¿Michel Bertrand también lo fue?

–Sí. Muy bueno. Persona buena con mala cabeza. El corazón, grande.

No hablamos más. Bebimos. Debí de beber bastante, porque, a la salida, lo insulté, no recuerdo cuánto ni cómo, y rechacé su coche.

–¡Vete! ¡Déjame! –sé que grité.

No eché a andar hasta que desapareció de mi vista, no quería que me viera dando tumbos. Me había convertido en un borracho que esperaba mantener una buena reputación, pensé, no sin humor. Caminé, pues, tratando de no caerme, lo que conseguí sólo a medias, porque a veces la acera se aproximó zigzagueando a mi nariz, y en otras ocasiones me di de bruces contra una pared o un portal, cualquier pared y cualquier portal, no lo recuerdo. Sé que la única idea que me sostenía era mi obsesión por encontrar Les Princesses de Paris, la tienda cuyo nombre Michel Bertrand había dejado escrito.

Me dirigí como pude hacia Hamra. Cuesta arriba, en dirección opuesta al Back Street, que se encontraba cerca de la Universidad Americana y del mar, este conocimiento mantenía mi rumbo. Las calles estaban razonablemente iluminadas, pero yo sólo veía la oscuridad lunar que otro hombre, en otra Beirut, había descrito. Sus palabras revolvían mi cabello, se pegaban a mi nuca junto con la humedad cargada de sal que venía del rompeolas, la brisa traía el aliento pútrido dc la cava y golpeaba mi cogote.

Encontré Les Princesses de Paris. Extrañamente resultó lo más lógico. La tienda parecía tan perdida en el ayer como en la descripción de mi abortado padre. El cartel seguía roto, quizá más roto. De hecho, faltaban varias letras. Los estantes acumulaban polvo y objetos pasados de moda. Bajé los tres peldaños por los que Valeria atrajo a Michel hacia sus violentos abrazos, y ya no recuerdo más.

Más tarde, me encontré en la calle Baalbek, llamándola

a gritos, golpeando la puerta de hierro como si la golpeara a ella, como si golpeara los silencios de Valeria, sus ocultaciones, sus mentiras.

Cuando abrió vi que iba arreglada como si se dispusiera a salir. O como si me esperara.

El nido

–Tu madre te parió dos veces: cuando te trajo al mundo y el día que apareció en este apartamento, hace tres veranos, en agosto de 1995. Fue Émile quien me la envió, después de que ella se presentó en Beirut sin otra orientación que un libro sobre cocina libanesa con una etiqueta de la Librairie Mondiale adherida a la contraportada. Michel llevaba años intentando congraciarse con Laura Mestre para que le permitiera verte con regularidad. Mandarle tratados de cocina oriental a través de sus contactos en Chipre fue una de sus ineficaces argucias para recuperarte. O no tan ineficaz, porque funcionó. Aunque demasiado tarde.

Salió de la cama, desnuda, y abrió uno de los cajones de la cómoda rematada por un tríptico de espejos, en cuya superficie se mezclaban útiles de escribir con cuencos abarrotados de cosméticos, bisuterías, frascos de perfume medio vacíos y botellitas de laca para uñas. Su intimidad tanto tiempo anticipada por mí, tanto tiempo temida y ahora, en cambio, casi pueril, después de lo ocurrido entre nosotros. La pantalla de cobre de una lámpara de aplique arrojaba arabescos de luz, caracolas ambarinas que bailaban en el cuerpo de Valeria, en los rizos oscuros de su pubis. La noche de Beirut era un crespón húmedo pegado a la cristalera del balcón. Nos habíamos quedado solos. Solos en el mundo, eso parecía.

Volvió a las sábanas con un libro cuya cubierta reconocí en seguida.

–Laura me lo dio al marcharse, como prueba. Dijo que tenías que acordarte.

Imposible olvidar semejante cubierta, la nítida palmera de hojas brillantes bajo la que se materializaba el abrazo físicamente imposible de una pareja entretejida, sus miembros encajados, rígidos como cuñas de un mosaico en el que figuraba también, pasado de color, un muestrario de las especialidades culinarias más acreditadas del país. *La cuisine libanaise. Un affaire d'amour*, leí. Yo había tenido aquel libro en mis manos en no pocas ocasiones, estaba en el estudio de Laura, había ojeado incluso sus láminas. La dedicatoria, una simple línea, cobraba ahora un nuevo significado: «Mi paciencia es como el mezze. Inacabable. M.». Escrita con la hoy familiar letra de mi padre.

La cuisine libanaise. «L. C. L.» Así que la factura de la Librairie Mondiale que, con tan poco tino, me había apresurado a guardar entre los recibos que Michel Bertrand dejó al ser secuestrado, no acreditaba el pago de una novela romántica, sino el de la última entrega gastronómica de mi folletín familiar.

–¿Por qué no me contaste que Gastón escondía el archivo de Michel?

–Ésa era la gracia, precisamente. Que lo averiguaras por tu cuenta. Lo de la carta me lo inventé, fue una añagaza. Parte de la estrategia beirutí, que tu madre me confió.

–En esa estrategia, ¿incluiste mi posible seducción?

Acarició mi frente.

–Si estuviera en tu lugar, no usaría en vano ciertas definiciones. Ninguna, a ser posible.

Tenía razón. ¿Cómo clasificar los sentimientos que poco antes me condujeron hasta Valeria, el llanto que me sacudió cuando la abracé y el vómito incontrolado que vertí en lugar de las palabras con las que necesitaba agredirla? ¿Y cuál sería la definición de su ternura, de su forma de desnudarme y desnudarse, de meterse en la ducha conmigo y lavarme y acariciarme hasta que me tranquilicé y pudimos consumar aquello para lo que me había dirigido a su casa, lo innombrable, la posesión del padre en un cuerpo vivo que todavía conservaba su huella?

Basta de lugares comunes. Ya no tenía que aspirar a ser un joven mundano, me dije. Pertenecía al mundo.

–Déjame hablar. Hay mucho por contar, todavía. Laura Mestre apareció en mi casa y dijo: «El hombre que conociste como Michel Bertrand ha muerto en Barcelona hace tres meses. Tengo un hijo suyo». La invité a entrar. Se quedó un mes. Fue un intercambio. Yo lo ignoraba todo sobre quién había sido tu padre en su juventud; para ella, el Michel de Beirut era un enigma. Nuestra relación con Bertrand se había desarrollado en tiempos y espacios distintos. Así que la cronología y nuestra madurez nos salvaron de rencores poco pertinentes, dado que fue nuestro hombre quien había pechado con lo peor: morir, callar, no poder hacer nada para detener la interpretación de los vivos.

»El secuestro removió los recuerdos de tu madre, por primera vez con un atisbo de mala conciencia, según me confesó. No obstante, ni siquiera entonces se planteó revelarte la existencia de Michel, sus intentos por acercarse a ti. Laura debió de ser una mujer muy dura, ¿me equivoco? Cuando él fue liberado, semanas más tarde, tu madre recuperó la calma y escondió el entero asunto bajo la alfombra, como de costumbre. Y así transcurrieron los ocho años siguientes. Sólo que ya no recibió más libros, ni tuvo demasiadas noticias de las andanzas profesionales de Michel. Los amigos periodistas de Laura pertenecían al gremio de la gastronomía o, como mucho, de los suplementos dominicales. No se relacionaban con corresponsales de guerra. No obstante, hicieron gestiones, y entre todos llegaron a la conclusión de que Michel Bertrand había desaparecido voluntariamente del mapa después de escribir esa cosa horrible, *Dans le noir. La nuit d'un otage*, sin ningún éxito. Me deshice del libro, por cierto. Me daba vergüenza que otros lo leyeran. No parecía escrito por el hombre a quien yo había conocido, y seguramente no lo fue, el cautiverio lo cambió por completo, lo dejó inerte, a merced de sus demonios, hasta ese horrible final que le esperaba en tu ciudad.

–¿Cómo murió mi padre? –la interrumpí.

–Odiarás saberlo. A finales de abril de 1995 lo encontraron tendido en un charco de sangre, en una pensión de Barcelona. Cerca de vuestra casa, dijo Laura, en una calle que da a la Rambla. Cuando el encargado de la limpieza lo descubrió, Michel llevaba muerto más de veinticuatro horas. Se había caído. Tenía una brecha en el cráneo, una herida que no hubiera sido mortal, de haberlo auxiliado a tiempo. Encontraron una botella de whisky barato vacía y caída, aunque parece que la mayor parte del licor había empapado la moqueta. Sin embargo, la autopsia dio un nivel estrafalariamente alto de alcohol en la sangre. Seguramente se desmayó y ya no recobró el conocimiento. Quiero creer que no sufrió, que no se dio cuenta, pero a menudo me pregunto si eso fue bueno. El Michel a quien yo amé hubiera preferido reconocer a su propia muerte.

»Laura lo supo por la prensa. Desde aquel momento no dejó de atormentarla que el hombre de su vida –después de ti, también en ti– hubiera muerto, solo y borracho, a unos cientos de metros de vuestra casa.

–¿Qué hacía Michel en Barcelona?

–Quería verte. Encontraron en sus ropas un papel con vuestro teléfono, y un nombre, el tuyo. También llevaba una fotografía, la única que tu madre le dio en la única ocasión en que le permitió verte. Tal vez no te acuerdes, tú tenías seis años.

«Llevas el nombre del hijo de un rey.» La pelea entre ellos, sus gritos en el pasillo. Había recuperado el recuerdo, intacto, en la cava.

–Tu madre telefoneó al periodista que había escrito la mejor necrológica, un tal Pere Valls, que había conocido brevemente a tu padre en Madrid, en el ochenta y uno, y lo admiraba. Valls, que ni siquiera sabía que Bertrand era de origen español, estaba trastornado. Nadie había reclamado el cuerpo, retenido en el frigorífico de un tanatorio hasta que alguien se encargara de las exequias, y él se ofreció para intervenir ante el Colegio de Periodistas, hacer una colecta, organizar un funeral. Había telefoneado a París, a la agencia de prensa en donde Michel había trabajado antiguamente; nadie se interesó por su suerte. Siguió también la pista de los diarios de provincias, en el sur de Francia, a los que Bertrand había malvendido sus crónicas en los últimos tiempos. Tampoco allí le dispensaron más que comedidos pésames. En el tono de todos Valls detectó un indiferente «se veía venir». Fue entonces cuando Laura se acordó de un hermano y un negocio familiar en el Ampurdán, a los que Michel se había referido raramente mientras duró su relación. Con estos datos y el verdadero apellido, Bertrana, a Pere Valls no le costó dar con Daniel, tu tío, y organizar un funeral.

–¿Asistió mucha gente?

–Sólo ellos tres. Y una especie de cura.

¿Qué estaba haciendo yo, Malcolm el quejica, el ultraprotegido Malcolm, a finales de abril de 1995, mientras mi padre agonizaba en una habitación miserable, mientras mi padre se pudría en un cajón de la morgue, mientras mi padre recibía el último adiós de tres personas que apenas lo habían conocido? No conseguí recordarlo.

–Laura me dijo que Daniel no se parecía en nada a Michel. En nada. La conmovió su forma de abrazarse a ella desde el primer momento, llorando. Tu tío moqueó durante la ceremonia, repitiendo algo que a tu madre le heló la sangre, y que aún hoy a mí me emociona: «Es tarde, es tarde, es tarde...». Tan sencillo y certero, ¿no crees? Tu padre fue incinerado. Laura y Daniel esparcieron sus cenizas en alta mar, en una vieja barca familiar en la que los dos hermanos habían navegado cuando eran críos y que seguía amarrada en el puerto del Escurat. Luego Daniel le enseñó a tu madre el negocio y la casa donde él y Michel crecieron.

«Añoro el mar de mi infancia, salir en barca con los pescadores y regresar al amanecer, tumbarme en la arena y permitir, conforme la mañana avanza, que los guijarros graben el alfabeto solar en mi piel.» Ahora mi padre descansaba para siempre en el Mediterráneo, junto al que había crecido.

–¿Por qué vino mamá a Beirut directamente, sin hablar conmigo?

–En 1995, Laura Mestre no era feliz. Tenía cuarenta y dos años, los mismos que tu padre. Pasados los cuarenta, una mujer piensa mucho en sí misma, en lo que ha hecho y tiene que hacer aún. Yo aún no los he cumplido y ya me asaltan ideas similares. Tu madre empezaba a comprender que había actuado mal borrando a Michel de tu vida, le daba miedo lo que pudiera ser de ti. Si me permites el comentario, Laura era muy novelera, pese a su aparente sequedad. Tenía la idea de que debía ofrecerte algo más que la mera revelación de la identidad de tu padre. Si te lo decía por las buenas, era posible que te hundieras aún más, considerando que Michel acababa de morir, y de qué manera. En cambio, si montaba algo alrededor de la noticia, digamos que una actividad... Algo bueno, algo en lo que tú pudieras participar y, a la vez encarrilar tu vida, hacerte un hombre. De eso hablamos mucho, en este mismo apartamento, en esta misma habitación, en donde yo recibí sus confidencias y velé sus insomnios. «Mi hijo carece de metas, no sabe qué hacer consigo mismo. Me obedece, finge. Yo lo conozco, sé que nada le interesa. Trabaja conmigo, es muy bueno en lo que hace, muy inteligente, pero dudo acerca de su porvenir. No tiene proyectos. Sería un buen escritor, pero no lo sabe.» Tu madre quería darte un futuro.

–¿Te contó por qué Michel no quiso casarse con ella?

–La típica historia, Malcolm. Dos jóvenes se enamoran en la universidad, ella se queda embarazada y él se asusta. Tu madre decía que hubo más, que el estudiante Miquel Bertrana era ya entonces muy atractivo y muy raro, escurridizo, y que ella le lanzó el órdago de la paternidad para encadenarlo, ni más ni menos. Sólo que él no cayó en la trampa, porque ni siquiera estaba enamorado de Laura. «Me hubiera dejado igualmente, con o sin hijo. Malcolm no fue la razón, pero se convirtió en mi desafío.» Te repito sus palabras exactas porque así me lo pidió. Te crió sola, se vanaglorió ante todos de haber usado a un hombre de paso como simple semental, y se prometió rechazarlo si volvía. Pero él volvió, Malcolm, recuérdalo siempre. Ésa fue la última elección de Michel, antes de morir. Querer verte.

–Demasiado tarde –la interrumpí.

–No lo juzgues a la medida de estos tiempos. Estaba su familia, un desastre. Y la España de entonces. Tú fuiste sólo la gota que colmó su impaciencia. En lo que respecta a los Bertrana, vuestro verdadero apellido, usaré palabras de tu madre, que era muy buena para la narración. Dijo Laura: «Daniel me mostró, antes que nada, su negocio. Se sentía orgulloso de haber resistido, de ser bueno en la perpetuación del apellido familiar, al menos él trabajaba duro, no se había movido del terruño y se había casado con una parienta lejana que le había dado tres hijos. Tal como yo lo vi, era un inmenso, gordo y calvo cincuentón, perdido como un bebé desdichado en el interior de uno de esos almacenes de cerámicas para el turismo, un compendio de las aberraciones estéticas que pueblan la mente del empresario rural, y no me pidas que te dé detalles». Así me lo contó. ¡No me extraña que a tu padre le pusiera los pelos de punta la perspectiva de hacerse cargo de semejante feria!

–Nadie abandona a su familia por una cuestión estética.

–Eran malos tiempos, recuérdalo. Franco estaba aún vivo y parecía eterno. Y aquello no era una familia, era un infierno. Daniel le trazó a Laura un retrato espeluznante. Resulta que al señor Bertrana padre, tu abuelo, dueño de tierras y fábricas, se le pasaron los años acumulando dinero, y cuando cayó en que cumpliría los cincuenta sin tener descendencia pensó que había llegado la hora de casarse. El tal Salvador era muy raro, Malcolm. Muy mezquino. Pudo comportarse como un rico miserable normal, eligiendo a una joven de buena familia, copiosa dote y carne tierna para calentar sus inviernos. Prefirió una mujer pobre, que siempre le debería agradecimiento y a la que convertiría en criada obediente, amante dócil y compañera muda. Le echó el ojo a una modista de bastante buen ver, solterona, como entonces se llamaba a toda mujer de treinta años o hasta menos que no tuviera ya marido e hijos. Sin embargo, ocurrió algo inesperado que colocó a la fría Isabel en el papel de ama. Salvador se enamoró locamente de ella, estas cosas pasan y nadie sabe por qué, seguramente la explicación radica en que hombres y mujeres solemos amar a quien se nos niega, y en este sentido Isabel era terrorífica. Una especie de momia hermética. Sin embargo, al abuelo se le caía la baba con ella. Lo hizo muy desgraciado. Daniel le leyó a Laura algunas cartas escritas por Salvador Bertrana cuando los chicos estaban ya crecidos. Cartas que él le dejaba en la almohada, después de haber pasado la noche, como todas las noches, temblando junto a un cuerpo de mármol que dormía a pierna suelta. «Mi Isabeleta, mi reina, mi *pa de pessic*», ¡setentón y llamándola «su bizcochito»! Bueno, ella ni se alteraba. Carecía de sentimientos, nadie sabe por qué. Tu tío Daniel detestaba a Isabel. Laura me contó que jamás se refirió a ella llamándola madre. «El bacalao seco», decía. Nunca besó a sus hijos, le contó. Los dos hermanos pasaron infancia y adolescencia en colegios e internados. Los enviaba lejos, al sur de Francia. Y cuando regresaban para las vacaciones, ni siquiera entonces los abrazaba. Gélidamente, les indicaba sus deberes, los humillaba. Era mala. Mala por dentro.

–A los veinte años cumplidos, ¿es tan imprescindible que tu madre te quiera o no?

–Sí, si tú la quieres a ella. Sí, si te has pasado la vida ansiando una palabra suya de aprobación. Sí, si todo lo que te aguarda como futuro, aparte del desamor materno, es un padre desabrido, entregado a sus negocios, cuyo trato con los vecinos consiste en perseguirlos con una escopeta cada vez que alguien se acerca a su propiedad. Sí, si todo lo que te espera es llevar los asuntos familiares en el interior de una casona digna de las Brönte –así me la definió Laura–, ayudando a un hermano cuya inconsistencia psicológica resultaba evidente. El pobre Daniel le contó a tu madre, como si fuera lo más natural del mundo, que cuando se enteró de que su Miquel no cumpliría el pacto para compartirlo todo que hicieron siendo niños, se metió en la mejor pastelería de La Bisbal y se dio tal atracón de tocinillos de cielo que tuvieron que internarlo. Desde entonces no ha dejado de consolarse zampando. Morirá cualquier día, de una bajada de azúcar.

–Qué bien. Un padre alcohólico y un tío diabético. Recuérdame que me haga unos análisis.

Se echó a reír.

–Tranquilo, aquí en Beirut tomarás las aguas. Es un balneario para desesperados. ¿Sabes que te pareces más a Daniel que a Michel? De niño, claro.

Saltó de la cama, esta vez en dirección al armario.

–Hace frío. Sin el sol de mediodía, Beirut resulta muy húmeda –dijo.

Se puso una bata, y me tendió un jersey gris oscuro, de cuello pulóver.

–Era de tu padre –me notificó, sin aspavientos–. Se lo dejó olvidado, no pude devolvérselo.

En cuclillas, de espaldas a mí, Valeria rebuscó en el fondo del armario.

–Tengo muchas fotos –dijo.

Hundí el rostro en el jersey de Michel. Olía a Valeria y a humo. Mi propia ropa, arrojada de cualquier manera sobre una silla, seguramente ya ofrecía señales de *Plaisirs Démodés*. Un perfume, atravesando el tiempo.

Era una madrugada húmeda, cierto. No sólo por el clima. Retraído, escondido en el jersey, miré el montón de fotografías que Valeria había desperdigado sobre la cama.

Lágrimas de cuarzo, en mi garganta.

Mi padre, tecleando, inclinado sobre un anticuado teletipo, el rostro medio vuelto hacia el objetivo, sonriente –la calidez de su expresión cayó en mi estómago como una piedra–, mi padre, clic. Barba, ojeras, dientes de lobo, benévolas arrugas en torno a los ojos oscuros, chispeantes, pequeños. Un vaso y una botella de whisky, en la mesa contigua. Al fondo, una terraza, el mar.

–Se la hice yo –dijo Valeria–. Y en ésta salimos los dos. Es nuestra única foto.

Aparecían desenfocados, sentados al otro lado de la mesa de un bar, destellos de luces.

–En el Charlie Brown, un bar de hotel. Te tengo que llevar. Quiero enseñarte tantas cosas.

Reconocí a Alia, en otra imagen. Supe quién era inmediatamente, por la felicidad reflejada en el rostro de mi padre, clic. Alia: impresionante belleza clásica, árabe pura, de pómulos altos, nariz aguileña, labios anchos y mirada felina. No parecía muy niña.

–¿Sabes quién era? –me aventuré.

–Desde luego –asintió Valeria–. La mujer con quien tu padre iba a reunirse la noche en que lo secuestraron. Otra de sus amantes de paso.

He aquí un nuevo dato, me dije. Había abandonado su apartamento creyendo que iba a ser amado una vez más, no que su vida sería interrumpida.

–En Beirut resulta imposible guardar un secreto –Valeria se encogió de hombros–. Y esa chica era del barrio, no pasaba desapercibida. Siempre supe que tu padre iba con otras mujeres. Además, entre nosotros sólo había amistad. Yo lo amaba, y ése era mi problema, no el suyo. El único ser a quien Michel Bertrand quiso eres tú.

Y Alia, pensé. No dije nada.

Me alargó otra foto. Era casi una postal: un paisaje costero, una barca enquistada en la arena con un nombre en la proa, *Isabeleta*, y, al lado, dos muchachos de doce o trece años, sentados en la arena, recostados contra el casco. Uno de ellos, de confiada sonrisa, tenía, en efecto, mis ojos. El otro era oscuro, ceñudo, y le pasaba el brazo por los hombros, en actitud protectora. Al dorso de la imagen, la letra ya picuda y todavía ingenua de mi futuro padre había escrito –con precoces intenciones literarias, y en el único castellano que yo le conocí, con faltas ortográficas–: «Daniel y Miquel Bertrana, en el Escurat, verano solenne de nuestro pacto. Julio de 1962, festividad de la Virgen del Carmen, santa patrona de la marinería. Al fondo, las islas Medas, bello enclabe natural de apreziada riqueza ornitológica».

Era como una de las festivas tarjetas coloreadas del Beirut de los despreocupados sesenta. Como ellas, resultaba conmovedora, teniendo en cuenta la tragedia y la disolución posteriores.

Quedaba Valeria. Después de sus nuevas confidencias me hizo el amor como creo que lo harían las madres a sus hijos, si se atrevieran. Compasivamente. Compasión por mí y por sí misma, por Michel y por Laura. Aquella compasión desbordó mi cuerpo y el lecho que compartíamos, y el dormitorio, contaminado por nuestros alientos y humores, poblado por recuerdos y palabras que no debíamos desatender. Era una compasión que me sobrepasaba, que irrumpía en las azoteas y anegaba las calles. Compasión, también, para Beirut, la amnésica.

La piedad de Valeria me arropó entonces y arraigó en mí como un antídoto contra el desamparo. Valeria Conte, señora de las claves y de la memoria. Dicen que el amor dura poco. No llamo amor a esto que todavía nos une. ¿Fraternidad en los secretos? No soy bueno poniendo etiquetas. Cuando empecé a trabajar como periodista, de eso hace casi dos años, lo que más me costó fue aprender a titular. Mucho menos sabría resumir en una o dos palabras los complejos sentimientos que nos mantienen juntos. Así es y así será siempre. Podré vivir con otras, amar a otras. Ninguna participará del misterio de mi relación con Valeria.

–Está clareando –dijo.

Envueltos en mantas, salimos al balcón. Enfrente, entre dos bloques nuevos de apartamentos, destacaba una casa modesta, una de esas viviendas rurales que evocaban lo que debió de ser Ras Beirut un siglo atrás. En la azotea, un hombre limpiaba su palomar.

–Es Ahmed –Valeria agitó la mano, saludándolo–. A Laura le gustaba su arte con las palomas. La elegancia con que las dirige, ondeando en el aire un simple trapo unido a una vara. Viéndolo, se nos ocurrió atraerte hasta aquí, hasta la cava, hasta Michel. Yo ideé mi parte de la estrategia beirutí: lo que tú has llamado tu seducción, el señuelo, la carta inexistente.

–Entonces, ¿esto es el fin? ¿Lo que mi madre y tú os propusisteis hacer conmigo?

–No. Hay gente en Beirut que te explicará el resto. Aún queda una cuenta por saldar.

Aquel mismo día, Valeria me ayudó en los trámites para alquilar un apartamento, frente a su casa. Habib y Eloïse, sin hacer preguntas, reunieron mis cosas. El chófer cargó también con las tres cajas que contenían el legado de Michel. Al repasar las estanterías antes de marcharme, encontré el ejemplar del libro escrito por mi padre y, escondido entre la cubierta y las tapas, un recorte del artículo que había publicado en *Le Monde* sobre cierta plaga de parásitos occidentales.

Dos leonas me condujeron por las atribuladas azoteas del pasado, con maestría pareja a la que muestra Ahmed, nuestro vecino, cuando guía a sus tórtolas en jornadas más benignas que la de hoy.

Mi viaje aún no había concluido.

TERCERA PARTE

Una correspondencia particular

De: *Gastón Nicolau {alibey.222@netmail.com}*
Miércoles, 4 de noviembre de 1998. 21.06 horas
Para: *jpuigvidal@edinuria.es*

Mi queridísimo Pepe:

Luna llena sobre el Nilo. ¡Oh, espectáculo arrebatador! ¡Oh, dicha! ¡Ganas me asaltan de rezarle a Horus! Mi dilecto consejero cultural, quien me ha acompañado hasta el delta del Rey de Ríos, ha removido la ciudad y puesto todas sus influencias a mi disposición para que yo pueda enviarte este mensaje... ¡desde Alejandría! Esto ha sido posible gracias a su amistad con el cónsul honorario de cierto país extremadamente oriental y pródigo en tecnologías, diplomático de muy buen ver, pese a su tinte amarillento. Dilecto amigo, te comunico que esta misma tarde he recibido la noticia, por ahora oficiosa y muy pronto solemnemente oficial, de que el gobierno del país en donde resido desde hace décadas ha tenido a bien distinguirme con l'Ordre du Cèdre du Liban, condecoración reservada a los buenos amigos de Líbano, y que hasta el momento sólo han conseguido caballeros franceses muy respetables (excepción hecha de un valenciano, fabricante de chimeneas, que surte de tales ingenios a la región del Monte Líbano; nadie es perfecto).

En cuanto termine mi agitado periplo por tierras de faraones... ¡Ah, esta Alejandría! ¡Se me abren las carnes al pensar en el buen uso que alguien como yo habría hecho del contenido de su bárbaramente arrasada biblioteca! Mas no divaguemos... En cuanto regrese, decía, y reciba la confirmación oficial de la noticia, te daré instrucciones para que envíes la información a los principales medios de comunicación de masas (no nos vendrá mal un poco de publicidad para ir abonando el terreno a mis memorias). Me placería gozar de tu presencia en el acto de entrega de la condecoración (una especie de Legión de Honor a la libanesa), que todavía ignoro si tendrá lugar en la cancillería o en otro marco igualmente incomparable. En lo que a mí respecta, nada sería más de mi agrado que presentar a mi editor a la flor y nata de la intelectualidad local, así como a los poderes fácticos y el resto de la sociedad más encumbrada. Creo que si te lo planteas como un viaje de negocios, es más, como parte de la promoción del primer tomo de mis recuerdos y reflexiones, el viaje te parecerá poco oneroso, máxime teniendo en cuenta que pondré a tu disposición uno de mis artísticos divanes o *chaise longue* gratis.

Tengo motivos más que fundados para suponer que mi constancia en la defensa del Levante y, concretamente, de este pequeño y sufrido país, han de recibir reconocimiento público muy señalado. Aquí les encanta mucho el boato. Piensa que Líbano es el único enclave de esta tortuosa región capaz de generar, en sus años de explosión financiera (perdón por el símil guerrero), una florida cantera de periodistas especializados en ecos de sociedad, género que actualmente disfruta de renovada predicación, dadas las halagüeñas perspectivas que se abren, con tanto turista del Golfo pendiente de pasar por caja.

Ni que decir tiene que espero tu aparición por estos andurriales, con cargo a la editorial, y que, además, te recomiendo introduzcas en tu equipaje el traje de ceremonias más apropiado que encuentres en su armario, así como todo tipo de lazos, insignias o medallas que puedan lucir tus solapas. Me satisfaría enormemente recibir mi distinción flanqueado por dos de mis amigos favoritos. Tú y el joven y eficaz discípulo Malcolm, nuestro común protegido.

Seguiremos en contacto. No me contestes todavía, o hazlo si te apetece, pero no voy a perder otra tarde a la caza de Internet, cuando hay tanto que cazar en dominios más propicios, tú ya me entiendes. Reanudaremos nuestra correspondencia cuando regrese a Beirut, la próxima semana, o tal vez más tarde. Todavía nos queda por visitar Luxor. El bello oriental extremo se ha unido a nuestra expedición, ansioso de aprovecharse de mi sabroso saber, tú ya me entiendes.

Tu honorable autor te manda un excelso abrazo.

GASTÓN

P. D. Ya va siendo hora de que en mi país también me rindan pleitesía. ¡Oh, patria mía, qué poco en cuenta me tienes! Deberías empezar a mover el tema en las altas esferas.

Beirut, febrero de 2003

«Temo a la incertidumbre», confesó anoche el Doctor.

Han transcurrido casi cinco años y llueve en esta Beirut que me despide, descosida en su invierno, chorreando tristeza por sus desaguaderos. Cuanto aquí he aprendido, cuanto soy, ¿me capacitará para entender? Mi conocimiento de esta ciudad y sus heridas, ¿servirá para que acepte lo que está por venir? La Beirut que me legó mi padre, ¿guiará mis pasos en Bagdad? ¿Asumiré el dolor, el riesgo, la destrucción, el miedo? Nada, de cuanto he conocido como periodista, ha revestido la confusa importancia de esto que avanza hacia nosotros. La incertidumbre. Aunque formaré parte del equipo de reporteros que el periódico envía a Iraq y países fronterizos como Kuwait y Turquía, mi conocimiento de la lengua árabe ha pesado en la decisión de que me mantenga en Bagdad, esperando a los bárbaros; lo que me coloca en posición aventajada, si se produce la invasión y culmina con la toma de la capital. Una gran oportunidad profesional, según mi padrino; algo con lo que, aunque a regañadientes, también el Doctor está de acuerdo.

Otro tormento, como de costumbre, antes de empezar: ¿sabré contarlo? ¿Sabré interpretar lo que veo para que los otros entiendan? He sido, hasta ahora, lo que llaman un *stringer*. En inglés, es alguien que escribe a tanto la pieza, alguien cuya entidad profesional futura dependerá en gran medida de las oportunidades que la casualidad le ofrezca y de su capacidad para improvisar talentos. En otra acepción, *stringer* significa también traviesa, es decir, elemento indispensable en la construcción de un puente, de un raíl. Algo que alguien pisa para ir hacia delante; útil para la acción, pero que no controla la acción. Y ésta es, por lo que conozco, en mi inexperiencia, una buena definición para todo el reporterismo, incluso para aquel que practican los santones del oficio, mi padre fue uno de ellos, ante cuyo ejemplo debo descubrirme. Traviesas.

Si mi padre no hubiera muerto, si no lo hubieran secuestrado, desencadenando su descomposición; si hoy viviera en Manara, en el tiempo y lugar que escogió para establecer su eclipse. Si Laura Mestre, conmovida por los primeros envíos desde Chipre –quizá una receta de amor o una pócima de humor–, hubiera consentido que Michel Bertrand y Malcolm se conocieran. Si todas las acciones precedidas del *si* condicional se hubieran ejecutado, ¿quién sería yo? Crecer, al menos en parte, con mi padre real, en vez de verme obligado a perseguir su sombra, ¿habría cambiado en algo mi destino? ¿Sentiría este fardo que pesa sobre mis hombros desde que lo encontré, desde que me empujaron a encontrarlo, desde que me pasaron su herencia?

¿Quién sería él, hoy, de haberse relacionado conmigo normalmente? Pero no hubo nada normal en Michel, desde su nacimiento. Tampoco lo hay en mí.

Pudo caber una tercera posibilidad: que Laura Mestre hubiera muerto sin experimentar más que indiferencia hacia su pasado. Yo habría seguido con mi vida de siempre en

Barcelona, con mi insípida falta de adecuación, mi orfandad sin rebeldía.

Pero el palomo no debe preguntarse qué habría sido de él, pastoreado por otro dueño.

Terminará el invierno, lo sé, en cuanto me haya ido. Ofendida por mi marcha, Beirut se engalanará con los dorados ropajes de su desdén, y los amaneceres de Hamra calentarán el lecho de Valeria. Recordaré Beirut desde otro sol más rojo, un sol de nuevas víctimas.

«Temo a la incertidumbre», repitió anoche mi amigo palestino.

Desde mi piso, mi oído permanece atento al alboroto que producen los coches atrapados en la calle Hamra. Intentan ganar la autopista hacia el sur, hacia Saida, o los caminos alternativos que conducen a sombríos suburbios donde los repudiados alzan su vasta ciudad alternativa, al amparo de los minaretes.

En la calle Émile Eddé, paralela a la mía, los automóviles se dirigen a los saneados distritos del sector cristiano, a la floreciente Junié o a las colinas cercanas. A pesar de que vías elevadas dificultan el acercamiento entre beirutíes de los diferentes barrios, ningún folleto turístico dedicado al renacido distrito central borrará de mi memoria la certeza de que, detrás de la perfección de maqueta de la calle Maraad y sus terrazas, existen Bachura y Basta, y, un poco más allá, la ancha avenida, hoy limpia de recuerdos y de escombros, por la que Valeria corrió a los brazos de mi padre y de mi propia historia. No demasiado lejos, en la calle Monot, el cliente más inmoderado ve su nombre escrito en letras luminosas; las mejores busconas de la ciudad le suministrarán una dosis de inolvidable noche beirutí. El paraíso ha vuelto.

Dijo el Doctor, anoche, rememorando nuestro primer encuentro:

–Si Valeria no me hubiera advertido de vuestra inminente visita a la clínica, yo mismo habría asaltado «Villa Encore» una tarde, llamándote a gritos. Me mordía los dedos, de la falta de paciencia. ¡Dos meses, inquietándome con tu aparición! Mucho más, si cuento el tiempo que ella y yo pasamos soñando coronaciones para la historia del hijo de Michel Bertrand. Y aquí estoy, después de haber tenido la dicha de conocerte y de amarte como amé a tu padre, concediéndote la despedida. Una desgracia.

–Vamos, vamos. Mi hogar está en Beirut. No voy a vivir aquí menos tiempo que mi padre –lo animé–. He trabajado en Jenin, en Ramallah, en Gaza. ¿No he regresado siempre? ¿Crees que lo de ahora será peor?

–Todo va a ser peor –respondió–. Y no estás lo bastante curtido.

–No conozco otro método para curtirme.

–Sí, tienes razón, no lo hay –me apretó el brazo–. Actúa como un palestino. Anda con los pies en el plomo.

Su cálida sonrisa, su peculiar castellano, los pelillos que brotaban del interior de sus orejas; el olor a cables chamuscados de la estufa; el estribillo de la lluvia al rebotar en el techo. Parte del equipaje que llevo conmigo.

Y recuerdos.

Para su tranquilidad, no hizo falta que el Doctor asaltara «Villa Encore», aquel noviembre de 1998. Valeria me llevó hasta él, de la mano, por el culebreo polvoriento de las callejuelas de Chatila, que ella conoce bien, pues desde hace años da clases de español a niños palestinos y a algún que otro adulto, como el propio médico. Paso rápido, casi una carrera, a lo largo de muros de rajado cemento, evitando pilas de cascotes, tuberías mal empotradas, basuras, zanjas. Topografía de los refugiados, su olor y su pobreza, su dignidad y también su resentimiento, su ira; un pueblo medio aniquilado, golpeado repetidamente y nunca vencido. Lejos de la frívola Beirut y sus locos proyectos.

En Chatila querían a mi padre, lo sé porque también me quieren, hoy.

Valeria me acercó al Michel Bertrand que el médico conservaba en su corazón. Eran las once de la mañana, y el Doctor pasaba consulta en la clínica, cuya sala de espera estaba atestada de críos atemorizados y madres respetuosas. Al vernos se le aclaró el semblante con una sonrisa triunfal.

«Estoy agradecido a tu sangre», declaró solemnemente al abrazarme y besar mi hombro izquierdo, en un gesto que me conmocionó. El Doctor, más que saludarme, me reconocía. Al hijo de Michel, rey de los apátridas y de los extrañados. Luego, sin ceremonias, me estrujó contra su pecho y me propinó cariñosos cachetes en las mejillas, en la nuca, así como unos cuantos tirones de pelo. De súbito, me convertí en uno más de los niños que llenaban el ambulatorio, aferrados a las túnicas de sus madres, y la sensación me gustó. Tres veces tres besos después, el Doctor declaró:

«Tu padre me regaló lo que yo necesitaba con urgencia. Me regaló paisajes. Aire libre. Palmeras. Cocoteros. Plantaciones de bananas. Orquídeas».

Su amistad se había desarrollado a intervalos, contó, a lo largo de numerosas visitas que Michel Bertrand realizó a Chatila, en misión de trabajo o sólo por el placer de saludar a sus amigos del campo. «Antes de las guerras que nos impidieron salir, tu padre me invitaba a tomar café cerca del mar, en Manara. Fue allí donde escogió habitar cuando se quedó entre nosotros, a pocos metros del merendero en donde nos reuníamos. No el tiempo suficiente. Me habría gustado envejecer con él. Michel siempre decía que Beirut es una ciudad que expulsa a los extraños, y yo le daba la razón, quién va a saberlo mejor. No reconocer es una forma de rechazo, supongo que lo entiendes, eso es lo que le ocurre a mi pueblo. Pero Beirut amaba a Michel, te lo puedo asegurar. Otras fueron las causas de su marcha.»

No me las explicó ese día. Una enfermera nos interrumpió, recordándole que la sala de espera se hallaba repleta de pequeños pacientes. «No puedo detenerme ahora, los niños crecerán sin mí, si no espabilo», cortó. Concertamos una cita en el café que frecuentó con mi padre. Una cita que fue la primera de muchas.

–Con los árabes ocurre siempre igual –ha comentado esta mañana Émile, el librero, que por ser francófono cree que no pertenece a la arabidad, sino a una especie de estela fenicia evanescente que salta desde los tiempos más remotos hasta el Líbano actual, obviando unos tres milenios de historia–. No hay forma de que se expliquen sin interrumpirse, sin hipérboles, sin circunloquios. Los distrae el vuelo de un pájaro, eso explica que las cosas les vayan tan mal.

–¿Les vayan, Émile? –he sonreído.

–*Bon!* Nos vayan –ha admitido, suspirando–. Supongo que es culpa de todos. La juventud emigra, harta de promesas incumplidas. Al menos, tú no quitas un puesto de trabajo. Nos dejas tu dinero, hay que tenerlo en cuenta. Compras libros. Mapas de países desdichados –más suspiros.

–Estaré de regreso antes de lo que piensas.

Nos hemos hundido de nuevo en el silencio, en los recuerdos. Rituales de despedida.

A mi querido librero le asiste algo de razón, respecto al médico palestino. Después del efusivo recibimiento de aquella mañana de 1998, el Doctor pareció encontrar un placer travieso en diferir su relato acerca de Michel Bertrand. Le daba miedo, más adelante lo admitió, que mi interés por él decayera cuando ya no tuviera información que ofrecerme a cambio de mi compañía. «También sentí aprensión a que se apoderara de ti un ciego afán vengativo.» «¿Quieres decir una pelea?», pregunté. «Peor.» «¿Con un arma? ¿Un asesinato? ¿Una drástica solución libanesa?» «Exacto. Cuando las venas se ponen calientes, la tragedia acecha.»

Si mi viaje se prolongara más de la cuenta, si yo no regresara, ¿mi ausencia acercaría al Doctor y al librero? No más, supongo, de lo que los unió otra partida resuelta en exilio y muerte. Volverían a confabularse con Valeria, cada uno por su cuenta, pero teniendo presente al otro, para hablar de Michel y de Malcolm, y del destino que padre e hijo curiosamente compartieron, fugaces hombres de lluvia que Beirut borró de sus muros, hombres cuya memoria sólo perdurará en la ciudad por la perseverancia de unos pocos.

Arrugando la nariz, con los anteojos en la punta, Émile ha insistido:

–Tu médico te contó su parte en entregas, como un *feuilleton* –y ha dictaminado–: ¡Poetas! Pierden demasiado tiempo buscando *le mot juste.* Reconoce que yo fui el primero, después de Valeria, desde luego, en contarte lo mío. Tal fue el trato que hice con ella, y lo que tu Doctor también aceptó. Contarte lo que sabíamos.

–Tu parte era menos penosa. Menos determinante.

–¿Lo crees así? Te recuerdo que fue mi *finesse* al narrar los hechos el elemento que restó dramatismo. Decían que no te parecías a tu padre. ¡Error! No te vieron, como yo, sentado en esa silla, como él en tantas ocasiones. Los mismos gestos, la misma actitud fiera y noble, la misma desconfianza. Mucho más inexperto. Aunque ya no tanto.

Cualquiera que sea su opinión, insisto en que a Émile le supuso menos esfuerzo que al Doctor contarme lo que sabía. Y estaba deseando hablar, la mañana en que Habib me acompañó a la Librairie Mondiale, y me lo señaló, a través del cristal del escaparate. Porque Habib y Eloïse empezaron a trabajar para mí desde que me instalé en la calle Baalbek, hecho que ni siquiera discutimos, implícitamente aceptado como una derivación más de la herencia de mi padre. No les pregunté si pensaban seguir con Nicolau, cuando éste regresara. Me habrían respondido con una simpática mentira. Eloïse necesitaba el dinero. En cuanto al chófer, conmigo su tribu aumentaba los vínculos con las novedades de la ciudad, un beneficio que había que tener en cuenta.

Émile Lahle, aquel primer día, me tendió la mano y me la estrechó con firmeza durante unos segundos, sin dejar de escrutarme por encima de los anteojos. «Creo que mi padre le compró este libro, hace once años.» Le di el ejemplar de *La cuisine libanaise. Un affaire d'amour* con el que Laura Mestre había viajado de Barcelona a Beirut, en busca de Michel Bertrand. «Se lo vendí personalmente.» Carraspeó y me condujo a este despacho.

–Te emocionaste, al verme –le he dicho hoy.

Se ha encogido de hombros.

–¿Qué querías que hiciera? Te estaba esperando. Además, tu padre me había honrado con sus confidencias...

Lo recuerdo también interrogándome acerca de mi vida, de mis opiniones sobre Beirut, mis lagunas. Luego habló de mi padre, de su propio y reciente intento de suicidio... Y de Irina, su novia rusa. «Michel tenía un francés excelente, lo aprendió en Francia, desde niño. No había motivo para sospechar otra cosa de él, con su nombre y el prestigio de la agencia detrás –había explicado el librero, aquella vez–. Me contó la verdad. Supo que podía confiar en mí. Adivinó que yo tampoco me sentía a gusto con los míos. Dijo que procedía de un pueblo de la costa este de España, cerca de la frontera con Francia, y que desde niño se había sentido oprimido por la tristeza que imperaba en su propia familia y en el país. Muy mal con Franco, según él. ¡Y yo que pensaba que había sido un bien para los españoles! Les trajo la paz, ¿no? Claro que aquellos árabes que llevaba en su cortejo, eso fue un fallo... ¿cómo se llamaban?» «La Guardia Mora, creo», respondí, no sin estupor. «Sí, eso fue una gran equivocación», afirmó el librero. Vaya con el culto Émile, pensé. Amigo de mi padre y seguidor de Franco. Aquella misma noche, al comentarle a Valeria mi charla con el dueño de la Librairie Mondiale, la mujer, burlona, me espetó: «Conozco a un musulmán listo y honrado, a quien aprecio mucho, que emigró a Chile durante la guerra y allí trabajó y ahorró dinero, bajo la dictadura. Cree que Pinochet es un genio. ¿Y sabes por qué? Porque mi amigo dejó aquí a media docena de francos y a otros tantos pinochets, cada uno con su milicia, empecinados, todos a la vez, en mandar este país a la mierda. Lávate la cabeza, niño. Fuera clichés. De lo contrario, lárgate».

De modo, pensé aquella mañana, sentado como ahora al otro lado de su escritorio, que Émile fue el confidente ideal de mi padre para su discurso acerca de las identidades y de las lenguas confusas. ¡Dos tipos que pretendían ser franceses! Dos inadaptados: el pasivo y el activo. Por supuesto, el segundo fascinó al primero, y entre ellos surgió una amistad considerable. Afrancesada. Había en Michel Bertrand tantos rostros y máscaras como tiene Beirut.

«Me habló de ti, desde luego, y de la intransigencia de tu madre, que se negaba a permitir que te viera –se había explayado Émile–. Me pidió ayuda. Dijo que Laura Mestre era una autoridad en cocina, pero que necesitaba renovar su material. Quizá unos cuantos envíos de libros relacionados con la gastronomía oriental podrían ablandarla. Busqué y encontré muchos títulos, unos más comunes y otros más raros, y tu padre, periódicamente, se los enviaba a través de Nicosia. ¡Pensar que tu madre acabó viniendo a Beirut, sin otra dirección que mi etiqueta en el libro! Y, ahora, tú. He sido un blasfemo al quererme suicidar. Vuestra historia, vosotros, habéis convertido mi librería en un lugar sagrado. ¡Deberían incluirla en las peregrinaciones! Guapa mujer, tu madre. Un poco mayor para mí, pero toda una dama. Vacilé, antes de proporcionarle la dirección de Valeria. Y, por supuesto, pedí permiso a nuestra amiga. Con su carácter, ¡menudo riesgo! *Mais, mon ami*, ¡dos ex amantes, frente a frente! Me moría de curiosidad. En fin, sucedió. Se encontraron, se apreciaron. Unidas sobre el cadáver, qué magnanimidad, la suya.»

Respecto a Gastón Nicolau, Émile confirmó una por una las aseveraciones de Valeria: «Cuanto te dijo acerca de su comportamiento durante la guerra, su llegada a Beirut, su pasado, su búsqueda de muchachitos, las sesiones de la cava, y cómo se aprovechó de los demás. Todo es verdad. Hay más, en relación con tu padre –añadió–, pero eso pertenece a la memoria del Doctor».

–¿Otro café? –ha ofrecido el librero, despegándome de mis evocaciones.

–Debo irme.

–¡La guerra! *Quelle bêtise!*

Su rechoncho hijo Ghassam ha comparecido para llevarse la bandeja, y yo me he preguntado si aún conserva en su retina la imagen de Émile con el cañón de su pistola metido en la boca.

–Uno nunca tiene el hijo que quisiera, o quiere demasiado al que no debería haber tenido –ha susurrado Émile–.

Ghassam ha salido mediocre en todo, como librero y, me temo, también haciendo el amor.

El librero presume de ser un gran amante y, al parecer, lo es. Irina, que nunca mentía, le describió con amable nostalgia: «Tiene el cuerpo peludo y travieso, ríe cuando ama. Nunca pensé en él como cliente, lo vi como amigo desde el principio y acepté su tutela y sus consejos, como te acepté a ti en su lugar, cuando decidió que mi compañía te haría bien. Fue una forma muy delicada de manifestar su hastío sexual, ¿no te parece?». En mi opinión, Émile me pasó a Irina como un regalo: un regalo del árabe que hay en él.

Irina. Sentada a los pies de mi cama, desnuda, con el violín al hombro, su corto cabello rubio desordenado, entornados los párpados de almendra. El arco, en sus manos, hendía algo más que las cuerdas: se abría paso en el tiempo detenido de Beirut, perforaba la tela de amnesia de la ciudad con un quejido melancólico y circular, el zumbido melodioso del insecto atrapado, *El tábano* de Shostakovich. Irina fue mi amante durante dos veranos rusos –el de Beirut era más largo–, gracias al arreglo que estableció Émile, sordo a mis protestas. El librero seguiría pasándole la suma acordada, pero los favores de la joven prostituta moscovita serían para alguien más urgido que él de sexo limpio y práctico. No me avergonzó demasiado. Podría aducirse que, al hacer el amor con Valeria, quise ser mi padre, reemplazarlo, o quizá recibirlo. Con Irina, acogida como herencia pero nunca tratada como objeto, fue distinto. Me sentí responsable. Era demasiado delicada para abandonarla a la brutalidad de los hoteles de la costa y sus mafias, y yo le gustaba. En cuanto a mí, descubrí que sexo y violín forman una buena combinación, aunque algo monótona. Cuando me abandonó para casarse con un presentador de la televisión jordana, me alegré por ella. Siempre le gustaron más los árabes que los rusos.

–¡Bien! –Émile se ha levantado abruptamente–. Tengo tus mapas de Iraq.

Y hemos regresado a la tienda. Ghassam, que atendía a los clientes, moviéndose como un tentetieso entre los libros, se ha apresurado a acercársenos.

–Dame la bolsa que he apartado para Malcolm –ha ordenado Émile.

Me pregunto si el librero es el padre que Ghassam hubiera querido tener. O sólo aquel a quien ama demasiado.

El relato del Doctor se desarrolló por etapas, durante varias tardes y en distintos lugares –su vivienda de entonces, en Chatila; la clínica, entre dos consultas; largas sesiones de café y cigarrillos en el merendero–, pero en mi recuerdo forma un bloque compacto y tiene un solo escenario. Manara, sobre las rocas, junto al mar silbante. Allí me contó el médico el resto de la historia. Palabras que no habría querido conocer, dardos untados de sal marina.

–El fatalismo es una característica humana de doble filo. Créeme, soy árabe, sé bien lo que digo. Si lo que tiene que ocurrir sucederá pese a todos nuestros esfuerzos, ¿para qué moverse, para qué luchar? De nuestro fatalismo han sacado partido dictaduras propias e imperios ajenos. Lo he visto. Como, además, soy palestino, es decir, pertenezco a la rama más activa de la estirpe, he estudiado el tema a fondo. Y créeme, nunca he conocido a nadie que creyera tan intensamente en la predestinación como Michel Bertrand.

»Te decía que es un arma de doble filo, porque si bien le permite a uno echarse a dormir sobre sus responsabilidades, de forma inevitable –fatalmente, podríamos decir– lo empuja también a cumplir con el guión que cree escrito. Porque, al resumir las cuentas, ¿qué tenemos puesto sobre la mesa, en el caso de tu padre? El cadáver de un hombre que se buscó la ruina con tal ahínco que la ruina misma acudió a su encuentro para ganarle la partida, harta de que su presa se comportara tan tontamente.

Circunloquios más o menos cifrados, arabescos. Después de describirme detalladamente la solidez de su amistad, la hermosa forma en que mi padre le regaló descripciones de paisajes lejanos que endulzaron sus soledades; cuando los momentos que compartieron ya me habían sido entregados y yo me disponía a guardarlos en mi memoria, a disfrutarlos íntimamente; cuando todo parecía dicho y sellado, el Doctor pidió más café y me lanzó una nueva andanada de sentencias centrífugas.

Había, pues, algo más. Algo que el palestino temía decirme. O tenía que decirme.

–Valeria, contra lo que puedas suponer, no era la única amiga de tu padre –carraspeó.

–Lo sé. He leído sus apuntes. Una tal Alia, ¿no? ¿Iba en serio con ella? –pregunté.

–Por lo que viví en tu país mientras estudiaba, me parece que ni siquiera vuestra idea de ir muy en serio con una mujer se corresponde exactamente con la que aquí tenemos, sobre todo en determinados ambientes. Los sentimientos son los mismos en todas partes, las pasiones también, pero ninguno de nosotros se sale de la norma. Si lo haces, te conviertes en un proscrito.

»Michel, en mala hora y sin mostrar la menor preocupación, ya te he dicho que era un suicida, se enamoró de una muchacha chiita, la tal Alia. Una preciosidad fuera de lo común, y también una cabezota loca, quería ser modelo, artista, irse de Beirut, dejar a su familia. La familia era de muy buena raíz, pero en todos los árboles salen ramas bordes, ramas malas. No ella, la pobre, sino su hermano gemelo. Musa. Se parecían como dos gotas de agua, pero Musa tenía el alma sucia. Ya de muy chico se hacía el valiente por las calles. Los niños árabes no tienen protagonismo en nuestra sociedad, se los mima pero no se los atiende. ¡Otra cosa es la guerra, la intifada, el martirio! En Líbano, un chico con un kalashnikov en la mano no encontraba problemas por su edad, eso te lo aseguro, muchos de ellos se convirtieron en sicarios. De modo que Musa, que debía de andar por los diecisiete, se ofreció para matón. Uno más, nadie puesto más alto que los demás, pero libre para asesinar. ¿Y por qué no? Aquí, en Beirut, hubo escritores que aprovecharon la guerra para ajustar cuentas con sus críticos. Se presentaban en el café de la reunión literaria: "Así que no te gustó mi último libro, ¡pum pum!". Uno menos. Cosas peores he visto.

»Yo permanecía encerrado en Chatila. Habíamos estado en guerra desde 1985 con otros musulmanes, los chiitas del partido de la Esperanza, Amal, apoyados por Siria. Los del partido de Dios, Hezbolá, al que se había apuntado Musa, no se portaron mal con nosotros. Los otros nos asediaron.

Con armas, con hambre. Mataron y mataron, no sólo en Chatila, sino en todos los campos de refugiados palestinos. El nuestro era el símbolo de la resistencia, para Líbano y para la Palestina ocupada, los territorios. Chatila fue el germen de la intifada de 1987. Los sirios querían que sus aliados de aquí –han tenido varios, como todo el mundo en Líbano– nos hicieran comer el polvo. Quitarle a Arafat la hegemonía en los campos, ¿comprendes? Patada a él en nuestro pobre culo. Resistimos. Murieron muchos. Chatila aguantó, una vez más. Las primeras guerras casi pasaron desapercibidas. ¡Los secuestros de occidentales eran más noticia que nuestra tragedia! Pero poco a poco nos fuimos haciendo un sitio, los periodistas nos ayudaron, se comunicaban con nosotros por radio, hablaban con los médicos, con las enfermeras, y luego contaban al mundo nuestra desesperada situación. Tu padre fue de los que más ayudaron. Dos años después, Siria, presionada internacionalmente, se vio obligada a imponer la paz... Dejaron de matarnos pero nos rodearon, ¿comprendes?, hubo encierro para los hombres adultos, sólo dejaron salir y entrar a mujeres y niños.

»Esa temporada última coincidió con el enamoramiento de tu padre y la militancia de Musa, suelto en las calles, hablando con todos, haciéndose el chulapo. Alia, la cabezota loca, entraba en el campo como si fuera palestina, por encargo de tu padre. Grababa cintas, tomaba fotos con la vieja cámara de nuestro cirujano y sacaba luego los carretes, todo el material, escondido en su ropa interior. Brava muchacha, Alia, pero muy arriesgada. En vez de ponerle el freno a Michel, le pisaba el acelerador.

–Alguien la vio, supongo –musité–. En sus notas... Parece que mi padre sentía cierta aprensión. ¿Lo secuestraron por eso? ¿Debido a que informaba sobre vosotros? ¿A que usaba a una musulmana para conseguir noticias? ¿Se lo llevaron vuestros enemigos?

El Doctor encendió un cigarrillo. Me escrutó como si tratara de medir mi reacción, antes de proseguir:

–Te equivocas. A la larga, es posible que tu padre hubiera sido igualmente secuestrado. No tomaba en cuenta nuestras advertencias, se metía en los peores barrios con su motocicleta, y por si eso no bastaba, de noche hacía excursiones a la línea de demarcación, para excitarse esquivando a los francotiradores. Se jugaba el tipo en la guerra, fatalmente. Sin embargo, no fue eso lo que lo condujo al agujero, sino una tontería, una casualidad. ¿Comprendes ahora lo que te intentaba explicar al principio? El fatalismo abstracto, la resignación a lo que está escrito, nos vuelve descuidados y vulnerables. Basta una pequeña contingencia para destruirnos. A tu padre lo secuestró Musa por su cuenta y riesgo, para darle una lección, con la ayuda de compinches y sin que sus superiores se enteraran. Situaciones así eran frecuentes en aquellos días. Revanchas personales, ataques de prepotencia...

–No obstante, en su libro, no sé si lo has leído...

–Sí, un libro mentiroso. ¿Qué querías que hiciera, el buen Michel? ¿Confesar que lo secuestraron por tener como amante a una musulmana, y además menor de edad? Porque tal fue la causa. Chatila no tuvo nada que ver en ello, te lo juro por lo sagrado. La guerra, tampoco. El periodismo, menos. Sólo intervino la ira del maldito Musa, sus celos, quién sabe si estaba concupiscente con su hermana gemela...

–¿Musa pilló a mi padre con Alia?

El médico encendió otro cigarrillo; el anterior se consumía en el cenicero. Y del mar crecía un sonido malévolo, primario.

–No. El muy fanático no sospechaba nada, estaba demasiado ocupado distribuyendo sus odios, acogotando a sus enemigos con su jactancia de asesino a sueldo. Fue el extranjero de «Villa Encore» quien se lo contó.

–¿Gastón Nicolau? –contuve el aliento.

¿La delación había precedido al robo? ¿Para qué? ¿Denunciarlo para hacerse con sus papeles? ¿Para vengarse del artículo que Michel había escrito sobre él, contra él? ¿Tanto rencor, durante tanto tiempo?

–Gastón también es un tonto, un mariposo. Me enteré por un palestino del campo, cuando Michel ya estaba a salvo en París –prosiguió el Doctor–. Mi amigo pertenece a una facción pro iraní, y yo me llevo bien con todos. Yo salvo vidas, les digo, no pido carné, os convengo como médico, miro, curo y callo. Pongo paz. Siempre intenté estar a buenas con cada una de las tendencias, es mejor para la salud, la de ellos y la mía. Por mi amigo supe que cierto hombre, lo llaman el hombre de «Villa Encore», bonita casa, caben en ella veinte familias palestinas... Perdona, se me va el cielo santo. Por lo visto, a Gastón, como tú lo llamas, le gustan los jovencitos más de la cuenta, lo habrás notado, Valeria sospecha que también a ti te ha insinuado coqueterías... Bueno, el viejo tenía puesto el ojo en Musa, lo sé también por Valeria, a quien se lo contó la armenia que le hace la limpieza...

–¿Eloïse? –intervine.

–Sí. Gastón le enviaba regalitos a Musa, a través de su secretario, el que nació cerca de Nabatiye. Parece que el otro se quedaba con los obsequios, pero nunca devolvía favores con la especia. El viejo loco debía de estar desesperado de caliente, porque en una visita que hizo al cuartel general de Hezbolá para hablar con un líder, se encontró por casualidad con Musa, que era uno de los que defendían la entrada, y le hizo otra clase de obsequio, algo que al joven le resultaría más valioso que unos vaqueros o unas deportivas de marca. Información. Mi amigo el pro iraní estaba cerca, esperando también una audiencia, y oyó sus palabras: «Tu hermana no es tan arisca como tú con los extranjeros», dijo el hombre. Mi amigo no entendió muy bien el resto, porque Musa se puso arrebatado, cogió a Gastón del brazo y lo arrastró a la calle, pero pudo oír los gritos, el nombre de Michel Bertrand y el de Alia, y también salió a relucir Chatila, por eso me lo contó, tenía miedo de que nuestro campo estuviera en peligro. Cuando los peleadores volvieron a entrar en el cuartel, el de «Villa Encore» temblaba y estaba blanco como una lápida. En cuanto a Musa, traía sus ojos inyectados con la ira. Muy peligroso, un jovencito así. Más mortal e incontrolable que un adulto, créeme.

Recibí la revelación en silencio. Gastón y Musa, Michel y Alia. Amores ciegos, parentescos asesinos.

–Lo secuestraron ahí. En la puerta. Era de noche –el Doctor señaló una construcción de siete pisos, al otro lado de la Corniche–. Al principio creímos que se trataba de un secuestro político. Un periodista occidental, aunque sólo fuera francés, valía su peso de oro, más que mil árabes. A las cinco semanas lo soltaron, había tenido suerte, me alegré por él, pero no conseguí volver a verlo, salvo por televisión, y me eché a llorar, porque tenía los ojos muertos. Pasó el tiempo. Michel, desde París, no dio señales de vida. Y empecé a indagar. Fue así como supe lo de Gastón y Musa, y también que éste lo secuestró en el portal. Tu padre bajó para abrirle la puerta a Alia, y se encontró con sus secuestradores. En Beirut todo acaba por saberse.

»Deberías hablar con Fuad, el periodista –insinuó el Doctor–. Es una lástima que se haya trasladado a Nicosia. Aunque quién sabe. Vendrá cuando los valientes de Hezbolá echen a los israelíes de los pueblos del sur. ¡Ojalá!

Inesperadamente, el médico añadió:

–Te lo he contado, pero no quiero que hagas tonterías. Si yo fuera tú, olvidaría el pasado. El olvido es una gran ayuda, créeme. Comprendo, sin embargo, que es más fácil olvidar lo que le hicieron a uno que la traición sufrida por el propio padre.

–¿Crees, en serio, que me vengaré?

–Si lo haces, no corras riesgos. Si quieres que el pervertidor de «Villa Encore» pague por lo que hizo, conozco gente discreta que actuará en tu nombre, y gratis. Me deben favores. He curado a sus hijos, a sus esposas. A ellos mismos cuando luchaban. Tú no tendrás que mancharte las manos.

Negué con la cabeza.

–No creo que sea mi estilo –rechacé.

–Ah, ¿tienes un estilo? Espero que no te equivoques. Valeria está segura de que darás su merecido al viejo, pero mi aviso es que no dejes que ella interfiera. Las mujeres lo complican todo. Ha vivido demasiado tiempo confiando en tu revancha.

No he vuelto a «Villa Encore». No deseo contemplar su ruina. Mi culpa, que mora en su umbrío interior, en el jardín maldito y en la cava desierta, será aplastada –a la beirutí– por las máquinas que construirán un banco en su lugar.

Culpable de no haber satisfecho el ansia de cruel castigo de Valeria. Culpable de no haber sido capaz de perdonar. La sangre es la sangre.

Nadie le pegó un tiro al viejo orientalista, su cadáver no fue descubierto en un solar o una playa, como ocurrió con otros. Tampoco continuó con su existencia de occidental parasitario. Al menos, no en Beirut.

Gastón Nicolau nunca regresó. Ni vivo ni muerto. Fue la suma de mi indolencia y de las mañas de Selim –quien, en efecto, resultó ser un pícaro–, más un pequeño empujón del destino, lo que puso punto final a la historia de *monsieur* Nicolau con la ciudad.

Cuando telefoneé al contable, no pareció sorprendido:

–Sabía que lo descubriría. Era una cuestión de tiempo. Aquella pasión absurda del señor siempre me pareció una fanfarronería peligrosa, en tiempos tan difíciles. El señor nos mandaba a todos a cortejar al chico en su nombre. ¡Si usted lo hubiera visto! A Musa, quiero decir. Bellísimo pero cerril, perdido, a causa de la guerra, todo era blanco o negro para él. Mi amo ignoraba que ponía en riesgo a

Michel Bertrand contándole lo de su hermana, se lo aseguro.

¿Lo ignoraba? Frívolo galanteador o malévolo anciano, el resultado fue el mismo. Mi padre, interrumpido.

–Selim, mis amigos creen que debo hacerle algo, un castigo ejemplar, y yo mismo pienso que no sería decoroso que Gastón Nicolau dejara de recibir un pequeño escarmiento.

–¿Cómo de pequeño? ¿A menor castigo, mayor recompensa para Selim? –preguntó, esperanzado.

–Dice bien –empezaba a comportarme como un beirutí.

–Creo que podré solucionarlo. ¿Qué le parecería un exilio permanente? Le saldrá algo caro, como es natural, un empleo menos no es algo baladí para un padre de familia. No obstante, usted va a quedarse en Beirut, ¿sí? Podría encargarme de sus asuntos, un amigo es un amigo.

–Lo consideraré –dije.

–Póngase en mis manos. Pronto tendrá noticias mías.

–¿Cómo va a convencerlo? –no parecía sencillo apartar a Gastón de su Beirut.

–No olvide que controlo sus finanzas. Imagine que las autoridades locales quisieran incautar todas sus propiedades, cobrándose las cuantiosas sumas que *monsieur* debe a la administración inmobiliaria.

–¿No lo habían arreglado sus sobornos?

–¡Querido amigo! Un soborno no es más que una solución momentánea, un aplazamiento. No tengo el propósito de arruinar al señor. Por el contrario, dada la urgencia del asunto y los poderes legalizados de que dispongo, salvaré su pequeña fortuna al vender sus bienes raíces, según mi criterio, antes de que se produzca la catástrofe.

Un exilio por otro. Sonaba justo.

–Y usted, ¿qué gana, aparte de mi gratitud?

–Aparte de su generosa gratitud, espero. No olvide el afecto que profeso a mi protector. A sus años, le resultaría difícil encararse con las circunstancias, la decepción de conocer la identidad de usted, el miedo al escándalo... No, no lo soportaría.

Una semana después de nuestra conversación, Selim me citó en su piso. Su esposa Leyla –una bonita mujer de rostro retocado por la cirugía estética y melancólica sonrisa– desplegó todos los rituales de la hospitalidad. Sonriente, pero extrañamente rígido, Selim me mostró las habitaciones de sus hijos, ponderó el abigarrado mobiliario y las pinturas de su esposa que cubrían las paredes de la casa.

–Todo esto se lo debo a mi protector. Regalos. Dios lo bendiga.

–¿Qué ha pasado? –le pregunté, impaciente, cuando ya hube exteriorizado la exagerada admiración que se requiere de un huésped.

–La parte buena ha ido muy bien –empezó, humildemente, rascándose el cráneo con una de sus uñas largas, sin descomponer un solo cabello–. Lo llamé por teléfono a El Cairo, le conté lo de sus propiedades, las operaciones de venta. Por otra parte, estaba furioso debido a una confusión en torno a una medalla, un homenaje... Enredos libaneses, nada serio. Pero lo pillé predispuesto a abrir una cuenta en un banco egipcio, dijo que me llamaría para darme los datos. Lo animé a que se quedara en Egipto una larga temporada, lo cual no le pareció mal...

Se sonrojó.

–¿Qué pasa? –me inquieté.

–Insinuó que pronto tomaría medidas para que usted lo siguiera, con objeto de proseguir su trabajo en común.

–Cielo santo. Sigue pensando en mí –sacudí la cabeza, angustiado.

–Ya no, ¡alabado sea Dios! –Selim alzó los brazos, en gesto de conformidad ante algún tipo de designio superior–. Ésta es la parte buena de la parte mala.

–¿Qué ha pasado?

–*Monsieur* se ha evaporado –sonrió–. Puede que se haya caído al Nilo.

–¡Qué está diciendo! –me levanté de un salto, llevándome por delante unos cuantos peluches y un servicio de café.

–Cálmese –pidió, y se avino a contarme el resto de su historia.

Tal como le había anunciado, Gastón telefoneó a Selim para proporcionarle el número de su cuenta corriente cairota. Lo hizo demasiado temprano, y el contable no había llegado a casa, por lo que Nicolau entabló una amable cháchara con Leyla –«No tengo secretos para mi esposa»–, y ésta, en el calor de la conversación, comentó: «Pronto nos visitará ese chico que trabaja para usted, ya sabe, no recuerdo cómo se llama, ese que ha resultado ser hijo del periodista francés que fue tan malo con *monsieur*. ¡Bendito sea Dios!».

–Como ve, y para mi desgracia, mi esposa tampoco tiene secretos para nadie –murmuró Selim–. Intenté localizar al señor en su hotel y me dijeron que había partido a Luxor, en barco. Nunca llegó a su destino, ni a ninguna otra parte. Me he puesto en contacto con sus amigos de las embajadas españolas, en El Cairo y en Beirut, y nadie tiene noticias suyas. Lo han buscado por todas partes. Desaparecido. Como si se lo hubiera tragado la tierra... O el Nilo. Es fácil perderse en esos barcos abarrotados, sin registros, donde se permite embarcar hasta el último momento, sin billete, dando una propina. Y también es fácil caerse por la borda, nadie grita «hombre al agua», nadie se detiene... En fin, yo no me preocuparía. Lo que tiene que ocurrir ocurre, hagamos lo que hagamos.

Una lección de la capacidad regenerativa de la epidermis libanesa.

Gastón Nicolau, ¿perdido para siempre? ¿Ahogado? ¿Oculto bajo una nueva identidad? La carta que por correo electrónico me envió mi padrino pocos días después abrió nuevos interrogantes que aún no han hallado respuesta.

No he vuelto a «Villa Encore». No volveré.

Una correspondencia particular

De: *Josep Puig Vidal {jpvidal@edinuria.es}*
Viernes, 20 de noviembre de 1998. 11.40 horas
Para: *Malcom Mestre {Mduncan@hotmail.com}*

Malcolm, me he encontrado con esto al abrir el correo. Te recomiendo que no te preocupes. El viejo zorro siempre ha dispuesto de muchos recursos. Saluda a Valeria de mi parte, y tú, cuídate y disfruta de todo lo que has adquirido ahí. Te abraza, tu padrino.

Vínculo:

De: *Gastón Nicolau {alibey.222@netmail.com}*
Viernes, 20 de noviembre de 1998. 09.35 horas
Para: *jpuigvidal@edinuria.es*

Dilecto Pepe:

¡Sorpresa! ¡Sigo junto al padre Nilo! La diosa Fortuna continúa tentándome. ¡A mi edad! Eres el primero en enterarte, pues en cierto modo la tentación a que me refiero me fuerza a romper la promesa a ti debida, y por tanto me apresuro a enviarte esta explicación, antes de que me taches de inconsciente, inconsistente e incongruente o, lo que aún sería peor, un caballero carente de palabra.

Por Astarté, o mejor por Isis, nunca imaginé que a estas edades (corramos un susurrante velo) me sería brindada una nueva oportunidad. Sí, querido amigo, estoy hablando de rehacer mis perspectivas, de descorchar una briosa etapa junto a las fértiles orillas de la inmortalidad, permitiéndoseme derramar (en más de un sentido, si me lo permites) mis conocimientos y otros tesoros en esta tierra milenaria, donde sin duda se les prestará más atención que en el descastado país al que he entregado no poca de mi sapiencia (en más de un sentido, también).

Debo confesarte que, oh, dolo, no vi confirmado el rumor (llegado a mí vía diplomática, qué más puedo decirte) sobre la concesión de la medalla con su banda y su renta anual, amén de múltiples beneficios de cariz social. No, querido amigo, este gobierno venalmente banal (aquel gobierno, rectifico, puesto que ya me encuentro bajo egipcia protección) ha preferido otorgar la Ordre du Cèdre du Liban a uno de esos jeques saudíes a quienes se les transparentan los calzoncillos bajo la túnica, y que dilapidan sus dineros en las nuevas mecas del lujo libanés, los nuevos templos de mármol do dan en venerar al becerro de oro, léase grandes hoteles y centros comerciales. ¡Ah, Beirut, casquivana!

Te sorprenderá mi reacción, pero ni uno mismo conoce nunca de qué será capaz su ánimo maltrecho. De repente, el caro paisaje que durante tantos años me marcó incomparablemente se me hace insoportable. Si a ello añades el excesivo coste de la vida (no sé en qué están pensando, esto acabará muy mal, acuérdate de lo que te digo) y un panorama sentimental y erótico trillado en demasía por mi arpón (por decir poco: tú me conoces), comprenderás que haya tomado esta decisión irrevocable.

¡En fin! No te negaré que me llevé un disgusto. Mi amigo el diplomático sumamente oriental destacado en El Cairo (de quien te hablé en mi misiva anterior: hemos desarrollado algo más que una simple amistad, sospecho) llegó a temer por mi salud, ya que fui víctima de un sofocón rayano en la apoplejía.

Como no ignoras, querido Pepe, no soy hombre fácil de vencer, y en peores circunstancias me he visto anteriormente. De modo que, nada más conocer la noticia (o no noticia, preciso) telefoneé a mi administrador, el fiel Selim (fue apuesto en otra época: doy fe de ello), a quien ordené liquidar de inmediato en mi nombre todas mis propiedades y que transfiriera el resultante (una suma suficiente para pasar aquí holgadamente el resto de mis, espero, largos años) a la cuenta que he abierto en un banco cairota. Allí fui recibido, como es lógico, con despliegue de alfombras de Ispahan y múltiples pleitesías. Casi simultáneamente se produjo el prodigio, o se prodigió el producto (ya ves que no me falta buen talante), de que me viera honrado con una oferta de trabajo nada desdeñable, una especie de asesoría en asuntos levantiscos o levantinos, para nuestro instituto español de Alejandría. Andan allí escasos de erudición, aunque no de conserjes nubios. Ni que decir tiene que mis contactos a alto nivel han tenido algo que ver con el asunto.

Querido Pepe, ahora viene el golpe más duro para ti. No voy a escribir mis memorias. He reflexionado. Y no.

No, todavía. Pardiez, soy demasiado joven. ¿Cómo mirar hacia el pasado cuando es el presente, convertido en pasión por la inmortalidad que observo en estas tierras sagradas, lo único que me interesa? Lo siento por ti, por tu desilusión, que intuyo, y también por no haber prestado más atención a ese muchachuelo que pusiste bajo mi protección y que, para mi perplejidad, se pavonea por Beirut en compañías, me dicen, verdaderamente nefastas.

¿Memorias? ¡No me ofendas! Mi presente resulta demasiado excitante para desperdiciarlo.

Siempre tendrás un lugar en El Cairo (he descubierto una casa muy conveniente, en el distrito otomano, me recuerda a «Villa Encore» pero con más clase), donde vivaquear cuando te concedas un retozo por estos trascendentes parajes.

Tu afectísimo,

Gastón, el Nilista

P. D. Doy por sobreentendida tu renuncia a recuperar la cantidad que me entregaste en concepto de adelanto. Tu ahijado me ha ocasionado más gastos de los que esperaba y, demonios, tengo a gala no haber devuelto nunca cantidades recibidas a cuenta de trabajos futuros.

Barcelona, abril de 1995

Tu propia muerte. Sin desnudarte ni cepillarte los dientes ni rezar tus oraciones. Manzanas.

Hay un teléfono en alguna parte. Necesitas un teléfono. ¿O eso ocurrió en otra habitación, en otro hotel, otra ciudad? Quizá te has equivocado, ya te sucedió, hace más de tres años, en Madrid, durante la Conferencia de Paz.

Al hombre que yace en la habitación de una pensión barata le asombra la frescura del recuerdo de aquella noche perdida en tugurios madrileños. Fresco recuerdo de una cogorza que remataste embistiendo de cabeza el interior de un taxi, igual que esta noche, o esta tarde, o anoche, no hay frescura alguna en tu percepción del pasado inmediato, embestiste la moqueta, después de tropezar con un mueble, desplomándote sobre tu costado derecho.

En aquellos días de finales de octubre del 91, tus dietas como enviado por la maldita cadena de periódicos ya no te permitían hoteles de lujo. Un reportero provenzal, ahí te habías empozado, y no sería el fin. Ya puesto, habrías preferido la región de Cognac, o la de Calvados. O la Champaña. O el Pays Beaujolais. Esto último te habría facilitado el eslogan personal más afín a tu mediocre presente: «*Le nouveau Michel Bertrand c'est arrivé!*», periodista con tendencia a tornarse agrio, de engañoso envase y contenido perecedero.

Tuvo que ser la Provenza, no estabas en disposición de elegir. Te tocó un pequeño y pulcro hotel, asequible y demasiado cercano al jodido Palace.

El conductor del taxi no supo interpretar tus balbuceos, o bien una parte endiabladamente molesta del pasado puso en tu boca la orden inadecuada, y el otro condujo dando un innecesario rodeo, tomándote por extranjero, eso te complació, como es natural, uno se siente bien al comprobar que la falsificación todavía surte efecto. Se equivocó el taxista, o fuiste tú, y te encontraste a la entrada de otro hotel, de otra época, de otra vida. El Palace de diez años atrás.

La época, si lo piensas bien, en que hasta tú te creías verosímil.

Jodido Palace, escenario de las horas de espera durante el fallido golpe de Estado, jodido bar, en donde acumulaste suficiente valor para creerte un padre de la guarda, dispuesto a reaparecer, tardía pero heroicamente, al rescate del hijo. Titular: «Reportero de guerra salva a su hijo varón de los peligros de una democracia amenazada». Destacado: «El muchacho, que se creía huérfano, declara no haber conocido padre más oportuno».

La llamada del alcohol, el *tam-tam* de la botella, su recóndito músculo de bombeo, te hizo subir, tambaleándote, los peldaños del hotel. Te sorprende la frescura con que recuerdas al hombre pesado que ya eras entonces, un toro herido, un toro eructante, reconócelo. Qué no darías por eructar ahora mismo, por seguir respirando, viviendo un poco más, hasta que consigas averiguar por qué demonios necesitas un teléfono.

Se ve atravesando el vestíbulo del jodido Palace, camino

del bar, seguido muy de cerca por la sombra verde del tipo vestido de cochero vienés, la sombra negra del conserje, a su izquierda, es un signo de admiración que se adelanta desde el otro lado del mostrador, ambas sombras efectúan un movimiento en pinza, la conocida estrategia consistente en atacar al enemigo por los flancos. El bar está cerrado, señor, lo sentimos, aquí tiene la calle, a su disposición. Vomitó, lo recuerda, en los jardines de la plaza. Devolución incompleta, lo recuerda, lo sabe, porque en su interior siguió habitando, el hombre que yace en la habitación la siente, su pena fría.

Aquella noche del 91 regresaste a tu pulcro y mediocre hotel, te miraste al espejo y contemplaste al hombre con quien tu viejo colega Fuad se había cruzado fugazmente por la mañana, entre dos ruedas de prensa. Supiste que el espanto, e incluso el dolor en el gesto sorprendido de los antiguos amigos iba a ser, en adelante, otra estación que deberías evitar. Y por la noche llamaste por teléfono, eso es, telefoneaste con el deseo de escuchar, por lo menos, su voz adolescente, en más de una ocasión lo habías hecho, llamar, callar, contener la respiración, contener la ternura, contener la confesión, contener el grito: sálvame, rescátame, líbrame del que soy, hijo mío.

Evitar a los demás sin evitarte, eso hiciste hasta caer en el laberinto de las pensiones y del licor barato, y en este excelente estado de olvido medio de Oriente y Occidente. Norte, sur, este, oeste de tu cuerpo, sin noticias de ti, los cuerpos sin sensibilidad son cuerpos felices, malas noticias son buenas noticias para el cuerpo que pide silenciosamente un teléfono, un teletipo viejo, conécteme a Internet, haga el favor, si he puesto «Do not disturb» colgando del pomo de la puerta, excúseme, yo no quería. Yo nunca quise nada.

Si sólo recordaras a quién quieres telefonear.

Manzanas, eso vas a pedir. Que venga el *maître*. Un oleaje, un vendaval, un ondulante lienzo de manzanas que borre los contornos del espacio y del tiempo.

El hombre que yace en la habitación de una pensión barata piensa que ha muerto. Porque manzanas ya no es un olor, sino un sentimiento de manzanas, un amor de manzanas, qué otra cosa, si no, brota del blanco delantal ribeteado de encaje. Leíste en algún lugar, o fue ella quien te lo contó, era muy dada a narrar leyendas piadosas, sus manos blancas que tan bien manejaban los útiles de costura y mondaban las frutas y cerraban los frascos en los que guardaba sus confituras caseras, sus manos que acariciaban libros de santos... Sí, ella te contó la leyenda de los mendrugos que florecieron en el delantal de la reina portuguesa cuyo nombre llevaba, le gustaba repetirlo, pan seco trocado en rosas, de forma que el severo esposo no advirtió su caridad y no la castigó, y, a su muerte, la hicieron santa, concluía tu madre, torciendo la boca con una sonrisa, a la vez que extendía los brazos, sujetando los extremos del delantal grávido de manzanas, y las frutas caían en la ciénaga cercada donde la pareja de puercos esperaba, gruñendo. Si quieres una, tómala, dijo. Lo que es bueno para los cerdos es bueno para ti.

Únicamente en Manara, lugar de luz y faro por añadidura, el aire salado y limpio de otro Mediterráneo borró brevemente de tu memoria el dolor de manzanas.

Beirut, febrero de 2003

«Al final de la guerra, cada lobo se metió en su piel de oveja», suele comentar el Doctor.

Musa, el hombre que secuestró a mi padre, es hoy el propietario de una tienda que ofrece servicios de Internet, no lejos de aquí. Me lo mostró Fuad.

Sí, Fuad regresó, tal como el médico había previsto. Sucedió hace dos años, durante aquellos increíbles días de gloria en que Israel, debilitado en la frontera por la furia de los guerrilleros de Hezbolá, aceptó obedecer al menos una de las resoluciones de Naciones Unidas y se retiró del Líbano. Fuimos los tres a admirar el espectáculo, a emocionarnos, mezclados con la multitud de libaneses del sur que regresaban para abrazar a sus familiares por primera vez en veinte años. El egipcio acudió como periodista; el médico lo hizo como palestino, para contemplar su tierra natal desde el otro lado de la frontera. Yo no sabía en condición de qué iba.

Más tarde, la víspera de su regreso a Nicosia, Fuad me invitó a comer a un restaurante de Hamra y me preguntó si me interesaría trabajar para él como colaborador, desde Beirut.

–Lo he pensado bien –dijo–. Y no creas que lo hago por tu padre, aunque un poco sí, lo reconozco. Aquí todavía ocurrirán cosas. Además, a menudo me falta gente, puedo mandarte a los Territorios Ocupados. La central de París me da bastante cuerda.

Contesté que yo también lo pensaría. Le había contado mi historia a saltos, más o menos como ahora la estoy recordando: mi llegada a Beirut atraído por engaños, la forma en que fui conducido tras la pista de Michel Bertrand. A cambio, él reprodujo vivamente para mí los episodios compartidos con mi padre. Sin dramatismos. Dramatizar sería lo último que Fuad haría, incluso en los peores momentos. No va con su carácter.

Se rió bastante, el egipcio, cuando le conté la extraña desaparición de Gastón.

–No creo que esté muerto. Y si fue a parar al Nilo, ¡pobres cocodrilos!

»Vaya par de fieras, ¿no te parece? –comentó, tal vez por asociación de ideas, refiriéndose a las mujeres que me habían guiado hasta allí–. No tuve el placer de conocer a tu madre, pero sé quién es Valeria. Una mujer de una pieza. Tu padre hubiera aprobado sus intrigas. ¡Él también se hubiera reído! En cuanto a ti, es hora de que empieces a sonreír. Pocos muchachos han recibido una educación sentimental tan compleja y sofisticada. Y rápida, diría yo. Deberías alegrarte.

Quedaban algunas preguntas.

–¿Qué le pasó a mi padre desde que tuvo que irse de Beirut? ¿Qué fue lo que hizo para caer tan bajo? Aquí nadie me brinda detalles.

Fuad me miró directamente. Sí, tenía los párpados hinchados de un amable batracio, sobre unos ojos saltones y honestos. Aspiró el humo de su perfumado cigarrillo.

–Ama su recuerdo, pero no lo imites –respondió–. Tu padre era un alcohólico, digan lo que digan quienes lo quisieron. Ése y no otro fue su problema. El alcohol. Seguro que sufría por haberte abandonado –algo de lo que se arrepintió, como has podido comprobar–, y también debido a las tensiones familiares, a su incapacidad para adaptarse a su país y a su época. Debería haberse encarado con sus problemas, luchar con ellos. No lo hizo. Asumió el periodismo y el alcohol como escapatoria. Se los bebió a los dos. Yo lo vi hacerlo, aquí, en su amada Beirut. Trabajaba como si se emborrachara y por las noches se emborrachaba como si trabajara. Nunca tuvo los pies en tierra firme. Llegó al punto en que el licor desplazó lo demás. El punto del que no se regresa. Oí contar que había intentado entrar en Bagdad en el 90. No lo consiguió. Yo lo vi en Madrid, en el 91, cuando la Conferencia de Paz. Lo habían echado de la agencia, trabajaba para una cadena de periódicos de provincias del sur de Francia. Estaba fofo y torpe. Insoportable. A las diez de la mañana se soplaba un par de whiskies y desde entonces hasta que caía, en la cama o donde fuese, era capaz de ingerir cantidades indescriptibles de cualquier líquido que contuviera alcohol. Era así, Malcolm. ¿Podría haber sido de otra manera? En otro mundo, en otra realidad. Le tocó la suya. No te atormentes. Él se atormentó por todos. Eso se le dio muy bien. Afrontaba con valor los peligros, pero nunca venció a su enemigo interno.

A la salida del restaurante, Fuad me pidió que lo acompañara a mandar una crónica. «¿No lo haces desde el despacho?» «No. Tengo algo interesante que enseñarte.» Caminamos hacia la calle Madame Curie. «Ya hemos llegado», dijo. Entramos en una cibertienda que apestaba a tabaco, en donde una veintena de hombres y mujeres permanecían absortos en las pantallas de sus respectivos ordenadores. El aire era denso. Un hombre pequeño, suave, de enormes ojos negros, se ofreció a ayudarnos, musitando incontables «bien venidos, bien venidos». Mientras Fuad enviaba su crónica, el hombre, obsequioso, se ofreció a mostrarme su establecimiento, «el primero de esta parte de Beirut, en su especialidad», dijo. Pasamos, sin detenernos, ante un despacho en cuyo interior vi a una mujer afanada en un ordenador. Era guapa, muy gorda, quizá más joven de lo que aparentaba; bolsas de grasa rodeaban su rostro de muñeca y tensaban el velo negro que cubría su cabeza y se estrechaba bajo su blando mentón. Se parecía extraordinariamente al hombre, tenía los mismos ojos, las mismas pestañas rizadas y negras, los mismos labios sensuales. La mujer me miró sin detener su atención, sonriendo como una bendita. Tenía un cuenco de pipas de calabaza al alcance de la mano, y no dejaba de masticar y teclear, teclear y escupir, masticar y escupir y teclear. Algunas cáscaras caían sobre la proa de su pechera, sin que la mujer prestara atención.

–Mi hermana Alia, una gran ayuda para mí –informó el hombre–. Se quedó viuda al final de la guerra, sin hijos, alabado sea Dios. Me he hecho cargo de ella. Es muy buena con la contabilidad, disfruta. Los números son su único mundo, su gran consuelo. Nunca sale a la calle, le da miedo. Ya sabe usted, la guerra. Alia sufrió demasiado, no quiere ver nada que le recuerde aquella época. Beirut está bien ahora, ya pasó todo. Vuelven los buenos tiempos. La paz es lo mejor, ¿no le parece? –detecté ansiedad en sus palabras y me pregunté si él sabía quién era yo, y si también me temía. Era, no obstante, la cuestión rutinaria que todos en la ciudad, necesitados de certezas, planteaban al visitante.

El hombre cerró tras él la puerta del despacho.

–Mire, su amigo lo espera. Vuelva pronto, por favor. Sea bienvenido. Es un honor que los extranjeros regresen a Beirut. –Me dio una tarjeta–: *«MusaPointCom, Best Internet Facilities in Town»*.

–Son ellos, ¿no? –más que preguntar, afirmé, ya en la calle.

–Sí. Un colega que pasó por Nicosia me lo contó, y he aprovechado este viaje para comprobarlo. Pobre mujer. Ignoro qué le hicieron después de lo de tu padre, pero puedo asegurarte que no tiene nada en común con la chiquilla de quien estuvo enamorado Michel. Musa tampoco es el mismo. Aunque quién sabe. Podría volver a serlo.

Lo acompañé al aeropuerto. Nos abrazamos y le prometí que reflexionaría acerca de su oferta. Lo hice. Nunca más acudiría a lugar alguno sin un encargo para contarlo. Le pedí a mi padrino una recomendación que me permitiera empezar a colaborar con un periódico, el que fuera, de mi país. De mi otro país. Aquel de donde salí y al que no renuncio, al que debo explicar lo que aquí he aprendido, lo que sigo aprendiendo. Para ser travesaño entre ambos mundos.

A menudo me acerco a la tienda de Musa y trabajo durante un par de horas en uno de los ordenadores cercanos al despacho en donde se encuentra la hermana. Me pregunto si la otra Alia, la que mi padre amó, vive aún en su interior, calcificada. Musa y yo sostenemos una relación convencional, la propia entre usuario y comerciante. Me permite entrar en el cubículo de su gemela –esa mujer que ya sólo se le parece en los ojos, el cuerpo deformado por la grasa, la sonrisa linfática–, y compartir sus pipas de calabaza.

–¿Qué hay de nuevo? –suele preguntar ella, sin dejar de masticar y escupir–. ¿Todo bien?

–Nada nuevo. Todo bien.

–¿Beirut, bien?

–Muy bien, sí.

He dispuesto mi equipaje poco a poco, como solía preparárselo a Laura Mestre antes de cada gira de conferencias. Hacer una maleta para otro es tarea que tomo muy en serio. Tienes que conocerlo bien, ponerte en su lugar. He organizado la mía como si yo no fuera yo, sino alguien que nunca dejará de sorprenderme. Como me he sorprendido al elegir el objeto más precioso que me acompañará, el primero que deseo contemplar al abrir la maleta en Bagdad: el único libro que escribió mi padre. El pésimo relato de Michel Bertrand *Dans le noir. La nuit d'un otage*, que saqué de «Villa Encore» junto con sus archivos. En comparación con las dispersas pero rigurosas anotaciones de su diario, lo que Bertrand escribió acerca de su secuestro podría venderse en un supermercado, listo para calentar y consumir. No hay grandeza ni profundidad, no hay tormento en el periodista prisionero ni en el periodista que recuerda que lo fue.

Por increíble que me parezca, es esta narración rutinaria –tan hueca que podría haber sido escrita por Gastón Nicolau– lo que llevo conmigo, como homenaje al hombre que me aguardaba en Beirut al final de mi vuelo. Me llevo el libro porque me parece lo más valioso que me deja mi padre. Su derrota.

Hay en la solapa una fotografía tomada poco después de su salida del agujero. Seguramente los editores escogieron la imagen a conciencia, la foto de la víctima en pésimas condiciones vende más que la del superviviente recién duchado. No obstante, no son su extrema delgadez y sus ojeras, las contusiones de sus pómulos, los labios hinchados y resecos, no es su aspecto físico lo que me conmueve, sino la inabarcable tristeza de su mirada, de sus hombros caídos. Tristeza del fracasado, más que del rehén.

La lección de Michel.

En la bolsa donde Émile ha metido mis mapas de Iraq, esta mañana, he encontrado, además, un regalo suyo. Un ejemplar de *Macbeth*. El librero ha subrayado con lápiz una frase, pronunciada por mi homónimo Malcolm al principio del acto IV: *«Lloraré lo que crea; creeré lo que sepa; y lo que pueda remediar, si la ocasión es para mí propicia, lo remediaré»*[7]. El malicioso librero ha utilizado como señal una fotografía de Irina –después de todo, sí la retrató, como a todas sus putas–, tal como los dos la recordamos. Desnuda, tocando el violín.

Antes de acudir a mi cita con Valeria pasaré a despedirme de Alia y Musa. Ignoro si saben quién soy, de quién soy. No me extrañaría que, conociendo mi origen, ya no les importara. Gente peor convive con recuerdos peores. Gente mejor abre todas las mañanas las puertas de la ciudad para que la recorran el aire y la esperanza.

Y aquí todos nos conocemos.

Mi corazón ya no vuela en línea recta.

Beirut. Mi palomar.

Barcelona, Hotel Astoria.
Beirut, Hotel Cavalier

Notas

1. «Quitaos esas ramas que os ocultan y mostraos como sois de verdad.»
2. La autora ha utilizado la edición bilingüe de *Macbeth* del Instituto Shakespeare, editada por Cátedra y dirigida por Miguel Ángel Conejero.
3. Mahmud Darwish, *Memoria para el olvido.*
4. Fouad Debbas, *Beyrouth, notre mémoire*, Éditions Henri Berger, Beirut.
5. «Te amaba, y por esa razón removí con mis manos aquellas mareas de hombres, y tracé con estrellas mi voluntad en el cielo.» (*Los siete pilares de la sabiduría*, Ediciones Libertarias, traducción del poema de Mercedes Ruiz.)
6. «Mi país, en donde la vida es un país lejano.» Nadia Tuéni, *Liban: vingt poèmes pour un amour.*
7. Véase nota 2.

ÍNDICE

Diseño: Eva Mutter
Ilustración de la sobrecubierta:
Allumeuse de narghilé de Jean-León Gerôme.
Colección privada, foto: ACR Edition
Foto de solapa: © José Luis Torija

Círculo de Lectores, S. A. (Sociedad Unipersonal)
Travessera de Gràcia, 47-49, 08021 Barcelona
www.circulo.es
3 5 7 9 4 0 1 0 8 6 4

Depósito legal: B. 36554-2004
Fotocomposición: Fotoletra, S. A., Barcelona
Impresión y encuadernación: Printer industria gráfica, s. a.
N. II, Cuatro caminos s/n, 08620 Sant Vicenç dels Horts
Barcelona, 2004. Impreso en España
ISBN 84-672-0853-8
N.º 34439